ACHTERBAHN
DAS LANGE TAL DER KURZGESCHICHTEN

Impressum

Bibliografische Information der Deutschen Nationalbibliothek
Die Deutsche Nationalbibliothek verzeichnet diese Publikation
in der Deutschen Nationalbibliografie; detaillierte bibliografische
Daten sind im Internet über http://dnb.d-nb.de abrufbar.

Herausgeber: ProMÖLLTAL
Lektorat: Martina Schneider
Grafik und Produktion: Nadine Kaschnig-Löbel
Coverfoto: „Astenbach" mit freundlicher Genehmigung von Tobias Wandtke
(www.fotografie-wandtke.de)
„Das lange Tal der Kurzgeschichten" mit freundlicher Genehmigung von Sabine Seidler
Druck: PBtisk a.s., Pribram

ISBN 978-3-7025-1013-8

www.pustet.at

LAND KÄRNTEN
Kultur

Mit Unterstützung von Bund, Land und Europäischer Union

Bundesministerium
Landwirtschaft, Regionen
und Tourismus

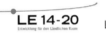

MÖLLTALER
GESCHICHTEN
FESTIVAL

ACHTERBAHN
DAS LANGE TAL DER KURZGESCHICHTEN

VERLAG ANTON PUSTET

INHALT

VORWORT

Was für ein Jahr, dieses Jahr der „Achterbahn". Ein Jahr, in dem mikroskopisch kleine Reisende eine tiefgreifende, folgenreiche Wirkung auf die gesamte Welt ausübten. Die sich wiederum mit einer vehementen Verteidigung wehrte, die viele Leben in ungeplante und unplanbare Richtungen trieb, links, rechts, rauf, runter, wie auf einer schienenlosen Achterbahn ohne Auffangnetz und ohne Zielbahnhof.

Ein Jahr aber auch, das viele Menschen bewog, das aufgezwungene Exil zu nutzen, um innezuhalten und ihr Leben zu betrachten. Und vielen Autorinnen und Autoren die Zeit gab, sich der grenzenlosen Welt der Kreativität zu öffnen und ihre Einfälle niederzuschreiben.

Hier sind einige der besten davon …

Viel Vergnügen auf der Achterbahn!

SENDERWECHSEL

MICHAELA HASSLACHER

Seit Kottingbrunn schon brummt dein Schädel. Tock … Tock … Tock … Trotzdem spielen deine Finger Duracellhase, tacktacktacktacktack klackern die Tasten deines Notebooks. Harry neben dir auf dem Fahrersitz, nur eine Hand am Lenkrad. Ein Fahrstil wie ein Windhund auf Speed. Harry, ich bitte dich.

Das Problem ist, du brauchst diese Story. Du brauchst sie so dringend wie der Blinde seinen Hund. Eigentlich alles völliger Blödsinn, aber ob das völliger Blödsinn ist, das entscheidest nicht du, sondern Mark Bauer. Mark Bauer ist nämlich Gott. Mark Bauer – nicht der, der die Welt versteht, sondern der, der sie macht. Mark Bauer, der Unterhaltungschef. Mark Bauer, dein verdammter Redaktionsleiter. „Wie lange noch?", fragst du Harry, ohne von deinem Notebook aufzuschauen. „Noch fast drei Stunden", nuschelt er. Harry steigt aufs Gas und du wirfst dir ein Schmerzmittel ein.

Mark Bauer hat früher Avantgarde gemacht. Filme, die von Menschen handeln, die ihren Kopf zum Frühstück verspeisen. Gedreht in Schwarzweiß oder Neonfarben. Dann aber hat Spy TV zugeschlagen und ihn gekauft. Seitdem vergiftet Mark Bauer dein Leben. „Ideen, Leute. I-DE-EN", schreit er quer durch die Redaktion und schiebt seine schwarze Panto-Brille zurecht. Manchmal aber will Mark Bauer einfach nur spielen.

Er nennt sie Magic Box. Eine Schachtel, bis obenhin mit Zetteln gefüllt. Auf den einen stehen Begriffe wie Burnout, Katzenzunge, Schraubenzieher oder Pankreaskarzinom, auf den anderen Orte. Paris, Costa Rica, Sichuan, Sankt Hintertupfing. Und dann musst du ziehen. Wenn du Glück hast, darfst du über den Wohnpark Alt-Erlaa in Liesing drehen. 11 000 Einwohner, 250 000 Quadratmeter, über 3 000 Wohnungen – Satellitenstadt. Oder du gehst auf das Bezirksgericht

Eggenburg, Nachbarschaftsstreit. Das ist das Kleine Sozialreportagenredakteurseinmaleins.

Er also in Spiellaune und du hast ziehen müssen. ACH-TER-BAHN. Das Wort heißt Achterbahn! Puls sinkt auf Normallevel. Wahnsinn, denkst du dir. Das ist ein Hammerthema. Adrenalinjunkie, Weltrekord, Gefühle und so weiter und so fort. Action in voller Fahrt. Das schreit schon fast nach Grimmepreis. Fehlt dir also nur noch der Ort. Du greifst in die Box und … hältst das Mölltal in den Händen. Puls rast nach oben. Mark Bauer zwirbelt seinen Salvador-Dalí-Gedächtnisbart und lächelt dir ins Gesicht. Ja, mein Herz, Achterbahnen stehen im Disneyland, im Prater oder im Six-Flags-Great-Adventure-Park in den Vereinigten Staaten.

Doch es hilft alles nichts. Mark Bauer ist Gott. Deshalb schließlich sitzt du neben Harry im Dienstwagen. Noch immer klopfst du in das Notebook, denn Mark Bauer hat dich ja von der Leine gelassen. Tacktacktacktack-tack. „Wie lange noch?", fragst du Harry und massierst deine pochenden Schläfen. Er grunzt und drückt aufs Gas. Harry, verflixt. Noch eine Stunde bis zum Mölltal. In 60 Minuten musst du wissen, wovon deine Achterbahnstory handelt. Bald, ganz bald, muss der Kettenhund knurren. Tack-tacktacktacktack.

Natürlich hast du auch schon von Wien aus recherchiert. Du hast telefoniert. Mit dem Bürgermeister und dem Dorfwirt. Du hast Social Media strapaziert. Du hast im Senderarchiv geschwitzt. Du hast mit Kollegen debattiert. Aber das Mölltal ist nicht Favoriten. Auch nicht Neukölln oder Detroit, wo es vielleicht manchmal bergauf, aber vor allem steil bergab geht. Dort ist das Leben ein Möbiusband, eine stählerne Unendlichkeitsschleife, die zu Orientierungslosigkeit führt wie die Quarterlife Crisis oder der Rückwärtsgang bei Mario Kart. Nein, das Mölltal ist nicht Tijuana.

Dieses Mal schaust du selbst aufs Navi. Noch 15 Minuten auf der Drautalstraße, dann die Gabelung nach Möllbrücke. Schon fast vier Stunden im Auto. Harry gähnt. Da knallst du dein Notebook auf die Rückbank, hinten im Kofferraum scheppert die Kamera, das allwissende Panoptikum. Kapitulation.

Nun. Links Berge, rechts Berge, dazwischen die Möll. „Wohin, Boss?", fragt Harry. „Geradeaus", sagst du aufs Geratewohl. Harry gibt Gas. Du schaust nach draußen. Landluft, nichts als Landluft, denkst du und knetest deinen Nacken. Und da geschieht es: Harry biegt ab. Neunzig Grad von der Bundesstraße, ein geschotterter Weg ins Nichts. „Harry?", fragst du überrascht. Harry gibt Gas und sagt nichts.

Der Weg verwandelt sich in Schlangenlinien. Du schaust auf das Navi. Kein Satellitenempfang. Kein Satellitenempfang. Kein Satellitenempfang. „Was zum ..?", willst du fragen. Doch Harry brettert die Kurven entlang. Schlagloch um Schlagloch um Schlagloch. Die Kamera scheppert im Kofferraum. Kopfschmerzen heiraten Übelkeit. „Harry!", brüllst du, dann drückst du deine Hand gegen deinen Mund. Schlagloch um Schlagloch um Schlagloch. „Achterbahn", sagt Harry und grinst.

Gar nicht dein Humor. „Bleib stehen", schimpfst du. Harry knallt auf die Bremse, Schotter fliegt in alle Himmelsrichtungen, Reifen graben sich in den Boden.

Du reißt die Beifahrertüre auf und steigst aus. Landluft, nichts als Landluft. Meine Güte. Du knetest deinen Nacken und atmest ein. Landluft, nichts als Landluft, sonst nichts, einfach nichts. Du schaust über das Tal, dein Magen tanzt und hier kommst du nicht weiter. Also stapfst du los, den Schotterweg entlang. „Boss?", fragt Harry und schaut aus dem Autofenster heraus.

Harry fährt im Schritttempo hinter dir her. Rumpeln in jedem Schlagloch, du aber steigst um jedes Einzelne herum. Die Landluft vertreibt langsam die Übelkeit, doch dein Sozialreportagenredakteursproblem nicht. Du gehst weiter, atmest ein und aus und das geht lange so.

Dann plötzlich. Hinter einer Schlaglochkurve eine eingezäunte Wiese. Du kneifst die Augen zusammen. Wattebäusche. Viele Wattebäusche. Du bleibst stehen, Harry hinter dir auch, beugt sich aus dem Fenster. „Das sind Brillenschafe. Kärntner Brillenschafe", sagt Harry. Du kneifst deine Augen noch ein wenig mehr zusammen. Auch die Wolltiere beobachten dich durch ihre schwarzen Gläser. Nun geschieht lange nichts.

Doch dann flüstert du plötzlich: „Avantgarde, wir machen jetzt Avantgarde." Vor dir fahren Wattebäusche Achterbahn.

Harry packt seine Kamera aus. Sein Lächeln hinter der Kofferraumklappe siehst du nicht.

Michaela Hasslacher
Die waschechte Salzburgerin, mit starkem Hang zum Bezirk Spittal an der Drau, hat einen brotlosen Abschluss in Germanistik, verdient aber dennoch ihre Brötchen damit: Sie schreibt Presseaussendungen, Werbetexte oder Einkaufszettel, und treibt ihre Mitmenschen mit der korrekten Verwendung von Bindestrichen in den Wahnsinn. Hin und wieder gibt es aber auch verzweifelte literarische Versuche, die im hintersten Festplatteneck versauern. Diesmal aber nicht.

350 KILOMETER

KURT FRISCHENGRUBER

„Scheiß Wiena!", schrie er erregt, mit hochrotem Kopf und tropfender Nase mitten hinein in die gemächlich dahinflanierende Menschenmenge auf der sanft von der Nachmittagssonne verwöhnten Wiener Kärntner Straße. Eine gefühlte Ewigkeit lang hatte er sein Bestes gegeben, hatte alles aus seiner alten Gitarre und seinen Stimmbändern herausgequetscht. Ohne Erfolg. Kein Schwein hatte sich für seine Darbietungen interessiert. Aber jetzt stockte die Menge sofort. Im Nu formierte sich ein gaffendes Menschenknäuel um den unscheinbaren Straßenmusikanten mit dem markanten Flinserl im Ohr. Ebenso schnell förderte die anschließende, lautstarke Diskussion die Herkunft des Schreiers zutage, denn der machte keine Anstalten seinen markanten Südstaaten-Dialekt vor der wachsenden Schar an Neugierigen zu verbergen. „Scheiß Wiena, oba echt! Olls lei Plattla!"

„Heast, gusch Oida!" und „Wos is Gscheada, wuist a Uhrfeign?", drang es alsbald ziemlich aggressiv aus besagter Menge zurück. Zwei leere Plastikbecher kamen geflogen, verfehlten ihr Ziel nur um Haaresbreite. Grund genug für den Schreier, den geordneten Rückzug anzutreten, weil man wusste ja nie. Hastig verstaute er sein Instrument und trabte leicht schwitzend in Richtung Graben davon. Keine Verfolger in Sicht. „Scheiß Wiena, oba die Oma hot mi eh imma gwarnt davor", grummelte er und dachte an früher.

Vor wenigen Wochen erst hatte er eine völlig andere Richtung eingeschlagen auf seiner Achterbahn des Lebens. Vor wenigen Wochen erst hatte der überzeugte Südländer alles zurückgelassen, was ihm bisher so wichtig erschienen war, so selbstverständlich, so gesund und munter, so tagtäglich.

Die heimatliche Scholle, seine noch taufrische Freundin, Vater, Mutter, Geschwister, Freunde, Saufkumpane, seine geliebte Oma und ihre von Hand gegrendelten Kasnudeln, seinen akut abstiegsgefährdeten Fußballverein, den gemischten Chor, die Volkstanzgruppe, die Kameraden der Freiwilligen Feuer-wehr und sein Stammlokal. All das war jetzt plötzlich 350 Kilometer weit weg. All das hatte er zurückgelassen, um bei den „Großkopfatn draußn in Wien" mit-tels Publizistikstudium für das weitere Leben gewappnet zu sein, aber auch um diesen arroganten Hauptstädtern zu zeigen „wo a echta Kärntna Bartl den Most holt!"

Ein Kulturschock. Eigentlich ein regelrechtes Kulturerdbeben, ja ein Kul-turtsunami. Alles war in weite Ferne gerückt, trotzt moderater Bahnverbindung und Südautobahn. Die weit aufragenden Gipfel, das kleine Haus der Eltern am Waldrand, die schon fast kitschig schönen Seen und Teiche in der Umgebung, die Sonnenölflecken der Sommerfrischler im örtlichen Schwimmbad und die alte Scheune am Wiesengrund, in welcher er damals zum Manne gereift war. War doch irgendwie schön gewesen das alles, aber seine Hochschaubahn-Fahrt durch das Leben ließ sich nicht aufhalten, wie es schien. Jetzt ging es ganz ein-fach darum, nicht aus der Bahn geworfen zu werden. Schon wegen der Oma.

Gut, weibliche Wesen gab es in dieser Stadt wie Sand am Meer. Viel mehr, als er sich erträumt hatte. Viel mehr als zu Hause.

Aber sein bisher so unverwechselbarer Charme, sein urig-folkloristisches Gebirgsjäger-Charisma, sein ländlich-rustikaler Überschmäh? Alles schien plötz-lich wie weggeblasen. Fast hatte es den Anschein, als müsste er sein schwer erkämpftes Landmacho-Image völlig neu konzipieren. Einsame Scheune am Wiesengrund gab es erst recht keine weit und breit, schließlich gab es ja auch keinen Wiesengrund und seine karge Studentenbude am Reumannplatz teilte er sich mit zwei Leidensgenossen. Eine sturmfreie Bude sah anders aus.

Autos und Häuser, Häuser und Autos. Völlig überfüllte Straßenbahnen, U-Bahnen und Busse inklusive ihrer ewig grantigen Insassen, ein Gewirr aus unverständlichen Sprachen und Dialekten, ein Sammelsurium aus Individuen, Hautfarben und Gerüchen. Sogar echte Burgenländer hatte er schon ausge-macht. „Olta!"

Der infernalische Lärm der städtischen Mistkübelausleerer in aller Herr-gottsfrühe, dieser penetrante Großstadtgeruch aus zu viel Verkehr, zu vielen Menschen und zu viel Bruttosozialprodukt. Ach ja, und enorme Mengen an Hundekot. Hundekot auf Schritt und Tritt, Hundekot in den Parks und auf den Gehsteigen, Hundekot einfach überall.

Diese abgefuckten No-Future-Typen auf den Parkbänken und diese dick-bäuchigen Kontrolleure, die er trotz gültiger Jahresnetzkarte (finanziert von der Oma) jedes Mal für russische KGB-Agenten hielt.

Zucker im Salat, ach du meine Güte, Cäsium in den Sandkästen und dieses animalische Geruchs-Potpourri aus Wiener Schnitzeln, Käsekrainern, Bier, Kotze und Kanal.

Die dreckig-graue, blaue Donau, die bröckelnde Fassade des Steffl und die zu dick aufgetragene Schminke der Gürteldamen, zu denen er auch kein Nahe-verhältnis aufbauen wollte. Für die Liebe bezahlen? „So a Schaß!"

Lauter bauchspeckschwabbelnde Nackerte in der Lobau und auch das Aus-weichbad Gänsehäufl war nichts anderes, als ein überdimensionaler Lagerplatz für Hausmeister-Verschnitte mit Kühltasche in der Hand und Heißluft im Hirn.

Wie auf einer Achterbahn eben, denn vor Kurzem hatte er mit seinen Freun-den noch in den glasklaren Fluten der Möll gebadet.

Ja und dieser Straßenverkehr. Absolut lebensgefährlich für einen, der bis-her auf die beschaulichen Verkehrsverhältnisse eines 1 000-Seelen-Ortes einge-schworen war, ohne eine einzige Ampel und ohne einen einzigen Kreisverkehr.

Die Tage kamen und gingen. Manche Kurven seiner Hochschaubahn er-schienen ihm durchaus befahrbar, bei manchen musste er sich ganz schön festhalten, um nicht aus der Bahn geschleudert zu werden. Manchmal ließ es sich auch nicht vermeiden, kräftig auf die Bremse zu steigen.

Und dann trat sie auf den Plan. Wie aus dem Nichts. Eigentlich wollte sie sich ja lediglich eine Zigarette schnorren, doch der etwas verstört wirkende junge Kerl, der da einsam und verlassen in der U-Bahn-Station Arbeitergasse herum-lümmelte, war ihr irgendwie sympathisch, verbreitete er neben einem mittel-schweren Schweißgeruch irgendwie auch das Flair eines echten Exoten. Ja, und auf ihr hübsches, kess geschminktes Schnäbelchen war sie auch nicht gefallen. Echtes Wiener Kind aus Simmering eben.

Aber „gut Ding" braucht ja bekanntlich „Weile" und so entwickelte sich das weiblicherseits durchaus charmant angezettelte Gespräch über das anhaltende Schlechtwetter der letzten Tage nur langsam und bis auf ein paar spärliche Be-merkungen, dass es im Süden Österreichs jetzt wesentlich sonniger sei, war dem Jeansjackenträger nicht viel zu entlocken. Immerhin war er aber ohne lange zu überlegen bereit, drei weitere Smart-Export unters Volk zu werfen, obwohl ihn seine Großmutter damals ausdrücklich vor diesen arroganten, oberflächlichen „Großstadtschicksn" gewarnt hatte. „Tua nur nit hudln Bua, schon gor nit bei die Weiba!"

Das Gesprächsklima lockerte sich, als die beiden am Abend durch das berühmt-berüchtigte Bermuda-Dreieck bummelten. Perplex musste er feststellen, dass man sich mit diesen arroganten Wienerinnen durchaus angenehm unterhalten konnte. „Heast Oma!"

Das Ottakringer mundete vorzüglich und lies sogar sein für unschlagbar gehaltenes Hirter gedanklich in der Versenkung verschwinden. Die Distanz zwischen den beiden nahm ab, kein Wunder also, dass er diese Nacht endlich einmal ohne seine WG-Kollegen verbringen durfte. Ein echter Meilenstein, ein historischer Richtungswechsel auf seiner persönlichen Achterbahn.

Und es kam, wie es kommen musste. Seine ohnehin seltenen Unibesuche wurden noch seltener, die Zahl der Beisel-Besuche kletterte nach oben und seine Bekanntschaften mehrten sich.

Die neue Wohnung im Fünften war zwar kleiner, dafür teurer, aber endlich eine sturmfreie Bude in Hinblick auf die Zwischenmenschlichkeit. Das Bild seiner Oma an der Wand hat er bei solchen Gelegenheiten eben einfach umgedreht.

Sein Interesse an den Sorgen und Nöten einer Großstadt im Herzen Mitteleuropas wuchs. Überrascht stellte er fest, dass sich schon einige Wiener Brocken in seinen ansonsten noch immer unnachahmlichen Dialekt gedrängt hatten und dass sich auch seine allgemeinpolitische Denkweise ein wenig ins Liberale änderte, was immer das auch sein mochte. „Tschuldige Oma!"

Nach einiger Zeit verlegte er seinen ordentlichen Wohnsitz vom sonnigen Süden in die Bundeshauptstadt, schließlich wollte er an den wichtigen politischen Entscheidungen in dieser Stadt zumindest passiv mitmischen. Logisch, dass sein erster beinahe selbstständig finanzierter Flitzer (Anteil der Oma eher gering) zwar alt und durchgerostet war, dafür aber ein schlichtes W an beiden erheblich verbeulten Stoßstangen trug, was ihn durchaus mit Stolz erfüllte. Auch wenn er als Gegenpart einen leicht vergilbten Aufkleber mit der Aufschrift *Kärntner schnackseln besser!* auf die Kühlerhaube geklebt hatte.

Keine zwei Wochen später nahm er seinen ersten Kredit auf und als untrügliches Zeichen seines mittlerweile erlangten Wohlstandes zierte eine nagelneue Waschmaschine seine Zwei-Zimmer-Wohnung, mit der er manchmal sogar die

Schmutzwäsche seiner häufig wechselnden Gesprächspartnerinnen wieder auf blütenweiß trimmte.

Bei seinen seltener werdenden Besuchen im Süden beschränkte sich seine Kommunikation mit den Eingeborenen mit der Zeit auf banale Aussagen zum aktuellen Wetter oder noch häufiger auf „a Runde geht noch, oba ex!", während er sich an der Theke seines neuen Stammbeisels in der Gumpendorferstraße schon eifrig in die Diskussionen des Tages einbrachte.

Immer häufiger ertappte er sich dabei, ein forsches „echt leiwand" in die Runde zu schleudern, ohne gröberes Aufsehen zu erregen. Die sensationelle Erkenntnis, dass zwischen einem Zeltfest der Freiwilligen Feuerwehr und einer Darbietung im Raimundtheater ein gewisser kreativer Freiraum existierte, verdankte er einer Beziehung zu einer Studienkollegin von der theaterwissenschaftlichen Fraktion.

Der überraschende Besuch von Oma, Mama und Papa bescherte ihm neben einer blitzblank geputzten Wohnung auch eine eindringliche Ermahnung, seine universitätsmäßigen Ambitionen nicht so schleifen zu lassen. In Verbindung mit der hinter vorgehaltener Hand ausgesprochenen Drohung, widrigenfalls die väterlichen beziehungsweise großmütterlichen Zuwendungen überhaupt einzustellen. Zumal speziell seine Oma nicht im Entferntesten daran dachte, wertvolles Familienkapital für das Waschen von fremden Büstenhaltern zu vergeuden.

Seine kulturelle Beziehung platzte aufgrund eines übervollen Terminkalenders seitens der Beziehung, eine blondgelockte Strandschönheit aus der Donaustadt sorgte allerdings schnell für Ersatz.

Ein gehöriger Schock und ein darauffolgender Jahrhundert-Rausch folgten wenige Monate später in Verbindung mit einem Schwangerschaftstest. Der Aufkleber *Kärntner schnackseln besser!* wurde entfernt. Weitere acht Monate und zahlreiche Beiselbesuche später erhöhte sich die Geburtenanzahl in der Metropole aller Österreicherinnen und Österreicher um ein weiteres Menschenkind. Achterbahn eben. Der euphorisierte Ex-Provinzler war live dabei, als sein erster Sohn im AKH das Licht der Wienerstadt erblickte, welcher seine südländischen Wurzeln durch kräftiges Schreien eindrucksvoll demonstrierte und vom überglücklichen Erzeuger dennoch voll Stolz als echter Wiener bezeichnet wurde.

Das hochoffizielle Wien gratulierte mittels Bürgermeister-Brief und beigelegter Infobroschüre über die Gesundheits- und Sozialeinrichtungen der Stadt.

Wieder wechselte die Wohnung und wurde größer. Die Uni sah er nur noch von außen, ein zukunftssicherer Job bei den Wiener Städtischen Verkehrsbetrieben sorgte längst für die nötige finanzielle Absicherung inklusive Freifahrt für den Rest der Familie.

Seine so mit der Zeit auf die Zahl drei angewachsene Kinderschar verbrachte die großen Ferien zumeist bei den Großeltern im Süden. Gemeinsam besuchte man dann und wann auch das Grab der Uroma.

Das Bäuchlein des Familienvaters mutierte zu einem gestandenen Bauch. Der letzte noch vorhandene Trachtenanzug wurde zu eng und nicht mehr ersetzt. Immer häufiger ertappte er sich dabei, einen südländischen Brocken in diverse diskutierende Runden zu schleudern, ansonsten erschien seine Mischung aus versuchter Hochsprache und Wiener Slang akustisch durchaus akzeptabel.

Und als eines Tages auf der Kärntner Straße wieder einmal einer dieser frisch dahergelaufenen Karawankenindianer (Dunkelziffer 50 000 bis 70 000) in einem Anfall von geistiger Umnachtung ein deftiges „Scheiß Wiena!" in die gemächlich dahinflanierende Menge schleuderte und sich nach kurzer Diskussion in Richtung Graben davonmachte?

„Sicher ein Frischling!", dachte sich der mitflanierende Familienvater, ohne sich groß aufzuregen. „Ur-Cool, echt leiwand, lei lossn!"

Kurt Frischengruber
Der ausheimische Mölltaler war im Lauf seiner beruflichen Karriere u. a. Geschäftsführer und Creativ Director renommierter Werbeagenturen, Journalist, Texter, Songwriter und Autor, aber auch mehrere Jahre als Seemann auf allen Weltmeeren unterwegs. Jetzt ist er wenigstens nach Klagenfurt heimgekehrt. Seine Veröffentlichungen inkludieren Kinderbücher und Kriminalromane („Das Waschbrettbauchmassaker", „Blutige Kampagne", und „Tödlicher Chatroom" – alle Echomedia-Buchverlag). Publikum und Fachjury, nachfühlend, wählten seine Kurzgeschichte auf den 2. Platz des Mölltalpreises.

DIE BLAUEN ROSEN

MARCEL ZISCHG

Biologiestudent Vittorio ist im Zug von Vicenza nach Padua unterwegs, um ihr, wie in jedem November, eine Geburtstagskarte zu überbringen. Jedes Mal ist ihm dabei, als würde sein Herz in eine Achterbahn steigen, und er fühlt vor Aufregung eine leichte Übelkeit.

Er will nicht, dass Karte und Blumen per Post zugestellt werden. Er hat einen Strauß blauer Rosen mitgebracht, denn er erinnert sich: Damals hat sie blaue Rosen geliebt. Vittorio weiß auch noch, wo sie in Padua wohnt und dass sie inzwischen Medizin studiert.

Am Bahnhof angekommen, nimmt er sich ein Taxi zum Prato della Valle. Es ist schon dreiviertel sechs und dunkel. Während der Fahrt durch die abendlichen Straßen erinnert er sich: Er hat sich als Teenager in der Oberschule in sie verliebt. Sie hatte langes, schwarzes Haar, und sie trug es immer glatt und offen. Wenn sie lächelte, sah ihr Gesicht aus, als gäbe es nichts Aufrichtigeres als dieses Lächeln; es spiegelte Güte und Bescheidenheit wider. Doch wirklich gekannt hatte er sie eigentlich nicht, denn sie war in eine Parallelklasse gegangen und er hatte ihr nie seine Gefühle gestanden. Tatsächlich hatte er auch nie ein Wort mit ihr gesprochen, obwohl er sie oft auf Partys gesehen hatte. Aber wenn er sie erblickt hatte, war er niemals mutig genug gewesen, sie anzusprechen.

Die anonyme Glückwunschkarte jedoch muss er ihr nun alljährlich bringen. Inzwischen ist sie schon Ende zwanzig, ebenso wie er selbst, und ihr Lächeln auf den Bildern, die er manchmal im Internet sieht, ist nicht mehr so wie früher: Es wirkt weniger aufrichtig. Ihr Blick scheint härter und nachdenklicher.

Jahr für Jahr wundert sie sich über die blauen Rosen, die vor ihrer Tür liegen. Nie ist ein Name dabei, aber immer eine Karte mit einem Gedicht. Jedes Jahr überkommt sie das Gefühl: Ich darf meinem Mann nichts verraten von diesem

Geschenk. Außerdem sagt sie sich, dass dieses Geschenk ihr gar nichts bedeutet, denn sie weiß ja nicht einmal, von wem es kommt. Dann geht sie jedes Mal zur Ponte Molino, wo sie einst, im ersten Semester, ihren Mann kennengelernt hat. Dort beugt sie sich über das träge und grün fließende Wasser, holt aus und wirft die blauen Rosen und die Karte hinunter in den Bacchiglione.

Er entspringt in der Nähe von Vicenza, und in Padua teilt er sich auf in mehrere Kanäle. Es beruhigt sie, nicht zu wissen, über welchen Kanal und in welche Richtung die Blumen davongetragen werden – blaue Rosen mag sie nämlich gar nicht. Vor langer Zeit hat sie in einem Interview, das sie aufgrund ihrer hervorragenden Matura einer Regionalzeitung geben durfte, behauptet, ihre Lieblingsblumen seien blaue Rosen. Aber es war eine Lüge gewesen, weil sie nicht alles über sich preisgeben hatte wollen. Ihre Lieblingsblumen sind rote Rosen. Ohnehin gilt all ihre Liebe ihrem Mann – und den roten Rosen, die er ihr zu jedem Geburtstag schenkt: einen ganzen Arm voll.

Am Prato della Valle steigt Vittorio aus dem Taxi. Zuerst setzt er sich mit den blauen Rosen an den Springbrunnen in der Mitte des Parks. Junge Leute flanieren an diesem lauen Novemberabend auf dem Platz am Kanal.

Das Brunnenbecken ist rund, der Park von prächtigen Laternen beleuchtet. Im Hintergrund des Parks thront ein Palast mit Spitzbögen: die Loggia Amulea. Mit ihren tiefroten Mauern verursacht sie in Vittorio eine fürchterliche Aufregung – er muss aufstehen und sich von ihr abwenden. Er atmet tief durch und blickt eine Weile in das dunkle Gras. Die rote Farbe der Loggia erinnert ihn daran, wie sich ein Pärchen in Vicenza einmal unter einem ebenso tiefroten Schirm geküsst hat. Der junge Mann hat dabei immer wieder die Frau mit Küssen überhäuft. Vittorio, der seine Geliebte niemals geküsst hat, ist der Gedanke unerträglich, dass er sich ihr so aufdrängen könnte wie dieser Mann. Er konnte damals unmöglich einfach zu ihr gehen und sie mit Küssen überhäufen – obwohl er dies insgeheim am liebsten getan hätte. Sicher hätte sie seine Liebe nicht erwidert und das hätte er kaum ertragen. Er liebt sie aber, das beweisen die blauen Rosen, die er ihr jedes Jahr schenkt.

Jetzt geht er mit dem blauen Blumenstrauß durch den Park, überquert eine Brücke und bleibt schließlich vor der Statue des Trojaners Antenor stehen. Im hellen Licht der Laternen blickt er zu der Statue auf, die ihm zu lächeln scheint und in einen prächtigen steinernen Mantel gehüllt ist. Die Gastfreundlichkeit und Friedensliebe des Antenor hat Vittorio immer bewundert, deshalb will er die Statue auf diesem Platz meistens ansehen, wenn er hier ist. Der Legende nach floh Antenor nach dem Untergang Trojas und irrte auf den Meeren umher; schließlich soll er die Stadt Padua gegründet haben.

Langsam geht Vittorio in Richtung der Basilica di Sant' Antonio. Kurz davor biegt er in eine enge Seitengasse ein, in der kein Mensch zu sehen ist. Diese Abkürzung zu dem Haus, in dem sich ihre Wohnung befindet, nimmt er immer.

Bald steht er auf dem kleinen Parkplatz, und direkt neben ihm erhebt sich das vertraute Haus mit der großen gläsernen Eingangstür. Er wartet hinter einem hohen Strauch in der Nähe des Eingangs, dass jemand aus dem Gebäude kommt und er sich so Zutritt verschaffen kann. Bislang hat er jedes Jahr Glück gehabt.

Da verlässt ein hübscher junger Mann mit einer schwarzen Lederjacke das Haus, der offenbar beschlossen hat, noch etwas spazieren zu gehen. Vittorio erinnert sich an die Fotos aus dem Internet und erkennt, dass dies ihr Mann sein muss – tatsächlich ist er ihm noch niemals begegnet. Sein dunkles Haar und der gepflegte Vollbart wirken modern und gesund, aber es scheint Vittorio, als habe der Mann einen traurigen Ausdruck im Gesicht. Er blickt weder nach links noch nach rechts, sondern marschiert zügig davon in Richtung Prato della Valle.

Bevor sich die Tür schließt, schlüpft Vittorio ins Haus. Im Treppenhaus ist es still und dunkel. Die Angst davor, ihr zu begegnen, ist heute stärker als früher. Wenn sie die blauen Rosen in seinen Armen sehen würde, wüsste sie sofort, dass er sie ihr jedes Jahr bringt. Der Halbmond strahlt durch ein Fenster ins Treppenhaus und beleuchtet seinen Weg nur schwach.

Während des Aufstiegs denkt er an eine Begegnung mit einer jungen Frau vor einem Jahr: einer Literaturstudentin. Bei ihrem Abschied nach einer Party trat sie näher an ihn heran und wollte ihn küssen. Aber instinktiv wich er zurück und lief davon. Sie schrieb ihm später auf sein Handy: „Willst du mich nicht wiedersehen?" Er antwortete nur: „Nein, tut mir leid." Nachdem er diese Antwort abgesendet hatte, betrachtete er ein Bild von seiner Liebsten – er umarmte das Bild und wollte es am liebsten nie wieder loslassen. Es war nur ein Bild, welches er aus dem Netz kopiert hatte, aber ihm bedeutete es so unglaublich viel. Er hatte es golden eingerahmt und an die Wand seines Schlafzimmers gehängt. Auf dem Bild war sie mit offenem glattem Haar zu sehen und einem Lächeln, das ungeheuer liebevoll aussah. Vittorio musste dieses Bild einfach immer wieder umarmen.

Im zweiten Stock hält er inne, legt die blauen Rosen schnell auf dem schwarzen Fußabstreifer vor ihrer Tür ab, dreht sich um und eilt die Treppe wieder hinunter. Hastig flüchtet er zur Tür hinaus und hat dabei das beängstigende Gefühl, von ihr verfolgt zu werden. Durch die menschenerfüllte Stadt läuft er zum Bahnhof, nimmt den erstbesten Zug und wird um Viertel nach acht wieder in Vicenza sein. Im Zug aber fällt ihm ein: Hat er in seiner Aufregung nicht vergessen, das Kärtchen mit dem Gedicht beizulegen?

Der Mann in der schwarzen Lederjacke erblickt die blauen Rosen vor seiner Tür. Schon zuvor hat er auf seinem Spaziergang an der Statue des Antenor eine blaue Rose entdeckt, die er noch immer in der Hand hält. Er bewundert Antenor für seine Friedensliebe, und wahrscheinlich hat er darum die blaue Rose mitnehmen müssen. Die Karte mit dem Gedicht hat er nicht gesehen.

Als er jetzt den Strauß blauer Rosen aufhebt, ist er verwundert. Gedankenverloren nimmt er die Blumen mit in die Wohnung und fragt sich, von wem sie wohl kommen mögen. Er zieht die Jacke aus, nimmt eine Blumenvase, füllt sie mit Wasser, steckt die Rosen hinein und stellt sie auf den Küchentisch. Dann geht er noch einmal in den Flur zurück und blickt auf den Garderobenständer, wie so oft: Nur noch seine Jacke hängt darauf. Er wischt sich mit beiden Händen übers Gesicht und geht in die Küche zurück. Ihm wird plötzlich leicht übel, als hätte er gerade in einer Achterbahn gesessen. In der Küche setzt er sich an den Tisch und überlegt, ihr zu schreiben, aber stattdessen betrachtet er nur stumm die Blumen, bis er auf einmal laut die Frage stellt: „Ob du wohl blaue Rosen ebenso liebst wie rote?"

Marcel Zischg
Nach seinem Studium der Germanistik und der Komparatistik in Innsbruck schreibt der Autor aus Meran, Südtirol, nun Märchen und Sagen für Kinder und Kurzprosa für Erwachsene. Nach Veröffentlichungen in Literaturzeitschriften und Anthologien gewann er 2017 den 3. Preis in der Kategorie „Kinder- und Jugendliteratur" der elften Bonner Buchmesse Migration mit seiner Geschichte „Kakapo – Ein Kindermärchen aus Neuseeland".

2069

HELMUT LOINGER

Die Augustsonne steht hoch über dem Mölltal. Übliche fünfundvierzig Grad Sommerhitze brutzeln den Talkessel wie ein Steak, das zu Tode gegrillt wird. Lois Tschabuschnig hockt auf einer morschen Holzbank auf der Terrasse seines Weingutes. Er beobachtet, wie der glühend heiße Südwind staubtrockenes Stroh über die menschenleere Straße scheucht. Sein müder Blick schweift von den zumeist verlassenen Häusern in Flattach bis rauf zum Grafenberg, zu seinen Weinbergen. Tschabuschnig ist sich nicht sicher, ob das staubvernebelte Flimmern der Landschaft von der unerträglichen Hitze stammt, oder ob ihm sein amphetamin-geschwängertes Hirn einen fatamorganischen Streich spielt.

Die verdorrten Rebstöcke am Grafenberg muten wie Skelette an, die kopfüber im ausgemergelten Boden zu stecken scheinen. Wie ein Denkmal erinnern sie an eine Zeit, in der die Welt trotz aller Kriege, Terroranschläge und Epidemien noch halbwegs in Ordnung schien und in der das Wort „Klimakatastrophe" jedem nur ein müdes Lächeln entlockte. Heute, hundert Jahre nach Woodstock und der ersten Mondlandung, lacht keiner mehr darüber. Schon gar nicht im Mölltal.

Lois Tschabuschnig fühlt sich müde und krank, obwohl ihn seine implantierte Medikamentenpumpe permanent mit einem Cocktail aus Amphetaminen und Opiaten versorgt. Immer dann, wenn die smarte Hightech-Linse in seinem Auge analysiert, dass er medikamentös unterversorgt oder einfach unglücklich ist. Und immer dann, wenn ihm der zwetschkengroße Tumor in seinem Mölltaler Dickschädel eine hämmernde Schmerzattacke liefert. Tschabuschnigs Pumpe wird nicht langweilig.

Das Weingut hat lange keinen Wein mehr hervorgebracht. Seit Jahren haben die dunklen Glasfronten des Verkostungsraumes kein Wasser mehr, geschweige denn Reinigungsmittel gesehen. Matt spiegelt die verdreckte Oberfläche die

Flattacher Einöde wider. Tschabuschnig kann sich noch gut an die letzte Ver-
kostung erinnern, die er damals als gehypter Biodynamik-Winzer veranstaltete.
Eine gelungene Veranstaltung, die lediglich durch den alkoholbedingten Streit
zwischen ihm und seinem Erzfeind, Hansjürgen Steinhasler, überschattet wurde. Wie immer ging es bei den Auseinandersetzungen um die Diskrepanz zwischen Ökonomie und Ökologie und wie immer endeten diese Konfrontationen

mit blauen Augen und blutigen Nasen. Gedanken an die kurze Blütezeit des Kärntner Weinbaus und an Steinhasler machen Tschabuschnig melancholisch und aggressiv zugleich. Seine Pumpe spritzt ihm erneut eine Dosis chemisches Glück in den Blutkreislauf.

Fast geräuschlos hat sich Togga, sein geleaster Personal Coach, an Lois heranmanövriert. Mittels Videoscan ermittelt der kleine Roboter des gleichnamigen chinesischen Hightech-Konzerns Tschabuschnigs Vitaldaten und screent seinen Schädel samt tödlich karzinogenem Inhalt. „A do bisch du, Lois. Du muasch aus da Sunn gehn. Dei Schädl is jo schuan kleschrout", rät ihm Togga wohlwollend in heimeligem Mölltaler Dialekt und schickt gleichzeitig die Analysedaten samt errechneter ‚estimated time of death', in die Cloud des zentralen Health- & Wellnessnetzwerks.

„A geh leck, Togga …", meint Lois und setzt sich seine Togga-Goggle auf, die mehr kann als nur UV-Strahlen filtern. Über die smarte Brille erreicht ihn ein Posting der europäischen Tourismusinitiative für das Schareck-Projekt, das von seinem ewigen Widersacher Steinhasler promotet wird. Allein diese Tatsache lässt seinen Puls in die Höhe schnellen, die Medikamentenpumpe anspringen und entfacht seinen Durst nach Hochprozentigem.

„Togga, bring ma a Stampale Schnops. I muass mi a bissl ounpippln!"

Der 83-jährige Sebastian Lang und seine viel jüngere asiatische Frau Lucy befinden sich in sanftem Landeanflug auf den Gipfel des gletscherfreien Scharecks. Die solarbetriebene Passagierdrohne schwirrt durch die aufgeheizte Atmosphäre der Hohen Tauern. Unzählige überdimensionale Schneebazookas blasen glitzernde Eiskristalle in Fontänen in die Luft und tünchen die Spitze des Dreitausenders in ein unwirkliches Schneeweiß. Unvorstellbar bei diesen Temperaturen, doch nicht nur der Schnee versetzt den ehemaligen Langzeitbundeskanzler und jetzigen Lobbyisten in fasziniertes Staunen. Wo früher die Bergstation für Skifahrer das Ende der Bergfahrt bedeutete, thront eine fünfzig Meter hohe chinesische Pagode, in der sich ein nobles Mandarinrestaurant mit riesigen Panoramaglasfronten befindet. Mindestens ebenso faszinierend findet Lang die in das künstliche Weiß geklatschte, kilometerlange Stahlkonstruktion. Der Mölltal-Dragon-Coaster erstreckt sich vom Gipfel bis zur dreihundert Höhenmeter tiefer gelegenen Großbaustelle am ehemaligen Eissee.

Hansjörg Steinhasler empfängt seine einflussreichen Gäste in einem hautengen Designeranzug, der seine ausufernde Körperfülle perfekt zur Geltung bringt. Mit einem breiten Grinsen aus seinem vollbärtigen Gesicht strahlt er den einflussreichen Lang und seine Frau mit den Geldsegen verheißenden China-Kontakten an wie ein Honigkuchenpferd. Die Drohne entfernt sich wieder gen Himmel und bläst dabei Schneeflocken in Langs Gesicht. Spitze Eiskristalle piksen wie kleine Nadeln auf seiner Haut. Was für ein ungewohntes Gefühl für den betagten Lang. Erinnerungen an seine früheste Kindheit im Waldviertel und den letzten Wintern mit Schnee kommen in ihm hoch. Wohlige Rührseligkeit kriecht ihm in den Magen und ein wenig Wasser sammelt sich in seinen Augen, die er hinter einer dunklen Designer-Togga-Goggle versteckt.

„Fühlen Sie, wie kalt der Schnee ist!", lacht Steinhasler und drückt Lang eine Handvoll Kunstschnee frech mitten ins Gesicht.

„Sorry, aber wir begrüßen unsere Gäste hier oben immer auf diese Art", entschuldigt er sich. Lang prustet, lacht und leckt sich die Eiskristalle von den Lippen.

„Verdammt, das fühlt sich tatsächlich wie echter Schnee an! Und das bei vermutlich 25 Grad Außentemperatur, wie machen Sie das?"

„28,47 Grad Celsius, um genau zu sein und wie wir das machen, das bleibt vorerst unser Geheimnis. Ich sage nur so viel: Bakterien sind überall", lacht Steinhasler großkotzig.

Sebastian Lang steht knöcheltief im Schnee und begafft gemeinsam mit seiner Frau die auf Pump finanzierten touristischen Attraktionen auf dem Berg. „Verweichlichte Ökotussi", liegt dem 60-jährigen Steinhasler schon auf der Zunge, als er Lucy beobachtet, wie sie Grimassen schneidend durch den Schnee stakst, schluckt dies gerade noch runter, um die Chancen auf ein erfolgreiches Gespräch nicht schon vorab zunichte zu machen. Ein Gespräch, an dessen Ende hoffentlich der Deal mit den im Anflug befindlichen Investoren steht, den Lang gemeinsam mit seiner chinesischen Frau eingefädelt hat.

„Lieber Hansjörg, seit wann gibt es eigentlich keinen echten Schnee mehr hier in der Region?" fragt Lucy Lang.

„Irgendwann in den Vierzigern war es endgültig vorbei in den Hohen Tauern, da hat man den Skiliftbetrieb komplett eingestellt", erklärt Steinhasler.

„Kommen Sie, ich zeige Ihnen unser jüngstes Highlight, den Mölltal-Dragon-Coaster. Eine Achterbahn der Superlative: Sie ist die höchstgelegene Bahn und mit über 6 G erzeugt sie die stärksten Fliehkräfte aller Achterbahnen weltweit. Ein Adrenalinkick, den Sie nie mehr vergessen werden!"

„Wenn wir unten am Eissee das Pagoden- und Tempel-Village mit den zweitausend Betten fertig haben, brauchen wir nur noch die logistische Anbindung durch den Tunnel nach Bad Gastein. Da müssen Sie uns bei den Großkopferten in Salzburg und Wien noch ein wenig unter die Arme greifen, wenn Sie wissen, was ich meine, Herr Altbundeskanzler!", brüllt Steinhasler, während er mit den Langs den nagelneuen Dragon-Coaster runterdonnert.

Weder der Fahrtwind noch die extremen Fliehkräfte scheinen dem alten Lang etwas anzuhaben. Er grinst selbstgefällig und signalisiert mit einem Daumen-Hoch, dass Steinhasler auf ihn zählen kann.

Geduldig lässt Lois Tschabuschnig das plumpe Posting des geldgierigen, und vor umweltzerstörerischen Ideen sprudelnden Steinhasler über sich ergehen. Er kann die sich immer wiederholende Heilsbotschaft vom Mölltaler Neuanfang, von touristischer Wiederbelebung, Investitionen in zigfacher Millionenhöhe und mehreren Hundert neuen Arbeitsplätzen schon nicht mehr hören. Sein Magen verkrampft sich und ein widerlicher Brechreiz kriecht seine Kehle hoch.

„Togga!", murmelt er verächtlich vor sich hin und flugs steht sein Personal Coach einsatzbereit vor seiner Nase: „Lois, kunn i da hölfn?"

Tschabuschnig grinst und erklärt seinem elektronischen Freund: „Blechtogga, wo is mei Puffn? I muass auffe!"

Momente später flitzt der immer noch drahtige Tschabuschnig mit seinem altmodischen Carbon-Titan-E-Bike Richtung Berg. Der heiße Fahrtwind zieht an seinen langen schlohweißen Haaren, als wollte er Lois davon abhalten, das zu tun, was er schon längst hatte tun wollen. Doch nicht nur der Fahrtwind will ihn aufhalten. Mit rot blinkenden Alarmmeldungen empfiehlt ihm seine Togga-Goggle, die im dunkelroten Bereich befindlichen Vitalparameter nicht weiter auszureizen. Zu hoher Blutdruck, zu viel Stress, viel zu schneller Puls. Gleich darauf befiehlt sie ihm umzukehren, aufgrund einer massiven Unwetterwarnung im Hochgebirge und droht ihm, seine Medikamenteneinspritzungen einzustellen.

„Ihre Verhaltensstörung wird an die Zentrale gemeldet! Korrekturmaßnahmen …" ist das Letzte was Tschabuschnig auf seiner smart-Goggle liest, bevor diese sich in hohem Bogen in ein ausgetrocknetes Bachbett verabschiedet.

Lois stellt fest, dass er auch ohne Brille recht gut sehen kann. Mit oder ohne Sehbehelf, die aufziehende Gewitterzelle über ihm ist nicht zu übersehen. Bedrohlich türmen sich dunkle Wolken über der Goldberggruppe auf, die einer überdimensionalen Qualle gleichen. Blitze zucken aus den Wolken. Windböen pfeifen über das steinige Gelände. Tschabuschnig und sein E-Bike halten dagegen.

Am Schareck hat Steinhasler die Langs und die hochkarätige Delegation vor dem aufkommenden Unwetter in Sicherheit gebracht. Allerhöchste Zeit, denn der Wind erreicht Orkanstärke, Starkregen aus dem tiefschwarzen Wolkenturm peitscht gegen die Felsen der Dreitausenderspitze. Im Mandarinrestaurant schildert Steinhasler in einer rührseligen Rede die Geschichte des Mölltals. Er erzählt von den Einwohnern, die wegen fehlender Jobs und nicht vorhandener Perspektiven ihre Heimat verlassen mussten. Er bedauert, dass sie in die Millionenmetropolen nach Wien, Berlin oder gar bis nach China ausgewandert sind. Am Ende beschwört Steinhasler jedoch eine glorreiche Zukunft für das Tal, weil das Schareck-Projekt mit dem neuartigen Kunstschnee, der chinesischen Gipfelpagode, dem Mölltal-Dragon-Coaster und nicht zuletzt mit der alpin-chinesischen Mauer die Endlösung für alle Mölltaler Probleme sein soll.

„Aber diese Idee mit der Mauer ist doch eine Spinnerei, oder?" fragt Lang flüsternd an der runden Tafel mit Rundumblick auf das draußen wütende Sauwetter. Steinhasler rülpst geräuschvoll, wie es sich gehört, lacht schallend und startet das neue Werbevideo auf einem überdimensionalen Screen. „Keineswegs!"

Bilder von Hallstatt mit asiatischen Touristenhorden heben die Stimmung der zahlungskräftigen Geschäftspartner. Als Steinhasler eine Kopie der chinesischen Mauer zeigt, die sich über zig Kilometer von Hallstatt über zahlreiche Berge bis auf das Schareck erstreckt, fallen alle gemeinsam in euphorischen Applaus ein und prosten sich mit sechzigprozentigem Baijiu zu. Die Stimmung ist auf dem Höhepunkt und Steinhasler sieht die millionenschweren Investments bereits unter Dach und Fach. Bis Lois Tschabuschnig, klitschnass und Pumpgun im Anschlag, die Tür zum Restaurant eintritt.

„Ihr hobt's doch olle an festn Klescha!", brüllt Tschabuschnig, während draußen hinter den riesigen Panoramascheiben der Sturm wie ein hungriger Tornado wütet. Schneebazookas und Teile der Achterbahn wirbeln wie Kinderspielzeug durch die Luft. Im Vergleich zu dem ohrenbetäubenden Krawall des Tornados wirkt das Knallen der Pumpgun, die Tschabuschnig Schuss für Schuss entleert, wie das müde Kläffen eines Chihuahuas. Das Massaker hinterlässt eine blutige Sauerei an den pipifein geputzten Glasflächen. Als Tschabuschnig sein Gewehr ein letztes Mal nachlädt und seinen Kontrahenten Steinhasler anvisiert, der wie gelähmt dem wahnsinnigen Treiben zuschaut, hebt der Tornado das Dach der Pagode ab. Das Auge des Tornados saugt die Holzkonstruktion in sich auf, lässt die Panoramascheiben bersten und entsorgt die herumliegenden toten und halbtoten Chinesen, die händchenhaltenden Langs, den fetten Steinhasler in seinem blutbespritzten Designeranzug und zuletzt den irre lachenden Tschabuschnig in den Mölltaler Himmel.

Helmut Loinger
Im Tiroler Unterland geboren und wohnhaft, arbeitet der Familienvater bei einem Logistikunternehmen im Raum Kufstein. Seit Jahren schreibt er Kurzgeschichten, von denen es einige in diverse Anthologien geschafft haben. Seine Geschichte „Paula!" war sein erster Beitrag für das Mölltaler Kurzgeschichten Festival. Dass er damit gleich den Fachjurypreis gewann, motivierte ihn, weitere schräge und absonderliche Geschichten zu Papier zu bringen.

HABEN SIE ANGST VOR WOLLMÄUSEN?

BETTINA SCHNEIDER

Warum ausgerechnet hier, frage ich mich, als ich den holzgetäfelten, dunklen Saal in einer Begegnungsstätte für Senioren betrete. Immerhin sind die Anwesenden ungefähr so alt wie ich, stelle ich erleichtert im schwachen Schein der Energiesparlampen fest. Noch nicht alt, aber nicht mehr jung, in der Lebensmitte angekommen. Ein Alter, in dem für eine Frau die Wahrscheinlichkeit, von einem Auto überfahren zu werden, höher ist, als einen Partner zu finden, wie mir einfühlsame Menschen versichern. Nun gut. Man schaut sich an, taxiert sich, nimmt sich ein zweites Mal bereits etwas wohlwollender unter die Lupe. Liebe auf den ersten Blick ist nicht darunter. Trotzdem bin ich hoffnungsfroh.

„Setz dir ein Ziel und verfolge es." Nach diesem Motto lebe ich. Keine geeignete Vorgehensweise für Liebesangelegenheiten, predigt meine Mutter genauso wie, ich solle mehr Geduld haben. Aber wozu gibt es heutzutage unzählige Dienstleistungen, die die Anbahnung einer Partnerschaft unterstützen? Ich möchte dem Glück einen Schubs geben, mich nicht auf den launischen Wind des Schicksals verlassen. Heute Abend startet mein nächster Versuchsballon in der Profiwelt der Verkupplung: Speed Dating.

Ein Meer wallender Rüschen stürzt auf mich zu. Sybille stellt sich als Managerin der heutigen Veranstaltung vor. Gute Chancen bescheinigt sie mir, nachdem sie mich unverfroren von oben bis unten gemustert hat. Jedes Mal finde sie das alles so-ho spannend, flötet sie und drückt mir ein Glas klebrig süßen Sekts in die Hand, während sie ununterbrochen mit ihren falschen Wimpern klimpert, als hätte sie eine Fliege im Auge. Der Termin vor Weihnachten sei besonders ergiebig, fährt Sybille fort, denn wer sitze nicht gerne mit einem Schatzi unter dem Tannenbaum. Ja, sie spüre hier schon Schwingungen …

Möglicherweise bin ich nicht sensibel genug, aber ich spüre nichts.

Auch wenn ein Teilnehmer noch fehlt (er wird in wenigen Minuten eintreffen), möchte Sybille beginnen. Mit vor Eifer geröteten Wangen wiederholt sie die Regeln: Sechs Frauen, sechs Männer, sechs Tische, sechs Minuten unterhalten, der Mann wechselt weiter, Wiedersehen bei beiderseitigem Wunsch. Nicht wirklich schwer zu kapieren.

Aufgeregt sind wir alle. Am meisten scheint es Sybille zu sein, deren Hals inzwischen rote Flecken zieren, als hätte ein Tier in der Größe eines Elefanten sie geknutscht. Eine langhaarige Brünette kichert wie ein Teenager, ihre wasserstoffblond gefärbte Freundin lässt sich davon anstecken. Warum bin selbst ich aufgewühlt wie bei einem Rendezvous? Nervös nippe ich an meinem Sekt. Unterdessen verteilt unsere Managerin rote Kärtchen – es sollen wohl Herzen sein, auf denen wir später notieren mögen, wen wir wiedersehen wollen. Die rote Pappe in meiner Hand sieht aus, als hätte ein Hamster sie ausgebissen. Gleich geht es los: Sybille weist mit theatralischem Augenzwinkern darauf hin, dass wir liebevoll mit den Herzen umgehen sollen (ja, wir haben die Doppeldeutigkeit verstanden). Das Ausstanzen der Karten koste sie jedes Mal viel Zeit.

„Haben Sie Angst vor Wollmäusen?" Kandidat eins ist Ecki, eine rheinische Frohnatur. Immer zu Witzchen und Bierchen aufgelegt, verrät er genauso, dass er sich diese originale Frage zur Auflockerung des Gesprächs ausgedacht habe. Gut, dass er es sagt. Er lässt mir bei der Vorstellung den Vortritt, unterbricht mich allerdings nach jedem Satz und kommentiert ihn. „Da passen wir zusammen", „Hier sind wir nicht weit entfernt", „Ich glaube, damit könnte ich mich arrangieren". Nach meiner beiläufig eingestreuten Bemerkung, „Ich laufe Halbmarathon", verschlägt es ihm kurzzeitig die Sprache. Haare hat Ecki kaum, dafür aber ein Bäuchlein, wie er es nennt. Ich finde die Verniedlichungsform unpassend.

Bei Kandidat Nummer zwei darf ich mich immerhin in Ruhe vorstellen. Florian hört mir aufmerksam zu. Allerdings verunsichert mich sein trauriger, fast schmerzvoller Ausdruck in den Augen. Frohen Mutes gehe ich davon aus, es hat nichts mit mir zu tun. Munter plaudere ich weiter. Das Einzige, was Florian von sich preisgibt, ist, dass die Zeit um Weihnachten ihn immer melancholisch stimme, da er zu Depressionen neige. In den restlichen Minuten unseres Gesprächs versuche ich, ihn ein bisschen aufzumuntern.

Klaus, von Kopf bis Fuß in unscheinbares Beige gekleidet, schlurft mit offenem Hosenstall an meinen Resopaltisch. Als Erstes entschuldigt er sich für die Pusteln in seinem Gesicht, die bei Aufregung besonders stark blühen. Sonst hätte er seine Akne besser im Griff. Wie heißt es so schön? Es kommt auf die inneren Werte eines Menschen an. Wie kann er diese zeigen, wenn er … Der Mann bringt keinen einzigen Satz zu Ende. Kann er nicht mehr als sieben Worte hintereinander von sich geben? Und bei einem Thema bleiben? Der Gongschlag, der die sechs Minuten beendet, gleicht einer Erlösung.

Matthias ist bei näherem Hinsehen nicht übel, meine Hoffnung nimmt einen erneuten freudigen Anlauf. Er hat eine ganz andere Ausstrahlung als seine Vorgänger. Warum weiß ich kurze Zeit später. Kandidat vier strotzt vor Selbstbewusstsein. Wie ein Wasserfall redet er von seinen Errungenschaften im Leben (in der Tat klingt es nach monetärem Erfolg: Investmentbanker, Villa mit Pool, Jagd und Jacht). Dass ich nicht zu Wort komme, scheint ihm nicht aufzufallen. Er könne viele Frauen haben, sagt er zum Schluss, aber er suche die Eine. „Vielleicht dich", meint er jovial, ehe er sich erhebt.
Hmmm.

Mit Heinrich wird es wieder stiller an meinem Tisch. Nach meiner inzwischen eingeschwungenen Rede erzählt er mit leiser Stimme von seinem Leben. Wie seine ideale Partnerin auszusehen hat, schildert er mir überraschend detailliert. Im Grunde genommen sucht er seine Ex-Frau, wird mir schnell klar. Seine Augen beginnen zu leuchten, als die Katze aus dem Sack ist, und er mir von seiner Verflossenen vorschwärmen kann. Nebenbei lerne ich, es gibt ein sehr idyllisches Fleckchen Erde in Österreich, nahe dem Großglockner: das Mölltal, aus dem seine große Liebe stammt.

Die Luft ist stickig und schwülwarm wie im Raubtierhaus des Zoos. Bleibt noch ein Kandidat. Vielleicht ist er es, rede ich mir Mut zu. Meine Freundin behauptet: Jeder Mensch ist auf seine Weise drollig. Wohl war. Die Drolligsten unter den Drolligen, scheint mir, haben sich heute hier versammelt. Oder ist das ein Abziehbild der Männerwelt? Wo verstecken sich die normalen Exemplare? In Ehen und Beziehungen? Oder sind sie ausgestorben wie die Säbelzahntiger?

Leider ist der heutige Abend exemplarisch für all meine vorhergehenden Erfahrungen. Es gestaltet sich schwierig …

Lautstark unterbricht Kandidat sechs meine Überlegungen, denn seine Gehhilfen, mit denen er zu mir herübergehumpelt ist, poltern wie zwei gefällte Bäume zu Boden. Als ich ihm beim Aufheben der Krücken helfe, treffen sich unsere Blicke. Herr Reinke. Die Überraschung ist auf beiden Seiten groß. Bernd Reinke wohnt in meiner Straße, ist Hausmeister und kürzlich von der Leiter gestürzt. Und er ist verheiratet. Ungefragt erläutert er mir sechs Minuten lang in allen Einzelheiten seine Recherchetätigkeit für einen Freund, die er hier betreibe.

Nachdem der Gong ein letztes Mal verhallt ist, schaltet sich unsere Managerin wieder ein. Jetzt, da die Emotionen hochgekocht seien, natürlich habe sie die Funken gesehen, die zwischen den Kandidaten wie Sternschnuppen übergesprungen seien, gebe es die Krönung dieser Veranstaltung: Wer möchte wen wiedersehen? Beim „Matching" (Sybille erklärt uns geschlagene fünf Minuten diesen Begriff) gebe es, das Schönste überhaupt, eine erneute Begegnung der Kandidaten.
Gott bewahre!

Ich weiß, wie die Sache für mich ausgehen wird, denn ich gebe meine ange-knabberte Herzkarte so zurück, wie ich sie erhalten habe: in blanko.

Irritiert zupft Sybille an ihrer Rüschenbluse, mutmaßt, ich hätte den Sinn des Abends nicht verstanden, setzt zu einer erneuten Erklärung des Matchings an. Zu meinem Glück wird sie von den anderen Teilnehmern in Beschlag genommen.

Zehn zähe Minuten später ist die Auswertung vollbracht. Natürlich haben sich Pärchen gefunden. Um genau zu sein, erläutert Sybille, hat jede Frau min-destens einen Mann, der sie erneut treffen will, wenn nicht gar mehrere. Umge-kehrt ist es fast genauso. Das ist Matching! Spontan spendet jemand Applaus. Es gebe nur eine Ausnahme. Wie die Rachegöttin persönlich rüschelt die Ma-nagerin auf mich zu. Ich solle mir das noch mal überlegen, zischt sie, denn ich hätte das unglaubliche Glück, dass mich alle, jawohl, ALLE sechs Männer, näher kennenlernen wollten. Als Geste der Großzügigkeit bietet sie mir an, eine ein-malige, ab-so-lu-te Ausnahme von den Regeln zuzulassen: Sie könne mir trotz des fehlenden Matchings die Kontakte zu den Männern herstellen.

Ich bin kein Kleingeist, aber dieses Mal beharre ich auf strikter Einhaltung der Richtlinien.

Undankbarer Mensch. Sybilles Abschiedsworte hallen durch meinen Kopf. Die kalte Abendluft vor der Tür tut mir gut. Nie wieder Speed Dating! Überhaupt bin ich dieses Karussell der Emotionen bei der gesteuerten Partnerschaftssuche leid, das Sich-Hoffnung-Machen und die Enttäuschung im Anschluss. Jedes Mal, wenn ich einen neuen Versuch starte, komme ich mir vor wie ganz oben auf der Achterbahn: Ein Kitzeln im Magen, denn ich weiß, gleich beginnt die aufregen-de rasante Fahrt. Jedes Mal folgt der Absturz.

Ich lege den Kopf in den Nacken, sehe einen phänomenalen Sternenhimmel über mir, erkenne den Großen Wagen. Der Mond ist nur eine Sichel. Urplötz-lich überkommt mich ein Glücksgefühl. Ich denke: Es klappt, wenn es klappt (ein Satz, der von meiner Mutter stammen könnte); ich werde nicht krampfhaft weitersuchen. Ich fühle mich wie befreit und spontan beschließe ich, mir noch etwas Schönes zu gönnen.

Kurz darauf sitze ich auf der Rückbank eines Taxis, nenne dem Fahrer den Italiener meines Wunsches. Ich betrachte die vorbeiziehenden Häuser, weihnachtliches Bling-Bling schmückt die Fenster. Auf Weihnachten freue ich mich. Und jetzt auf Toni, den Italiener, bei dem es immer einen Tisch für mich gibt. Eine Pizza Capricciosa, ein Glas Wein, ein …

„Haben Sie im Lotto gewonnen? Sie strahlen wie ein Schneefeld in der Sonne!" Die dunkelbraunen Augen des Taxifahrers betrachten mich eingehend im Rückspiegel, als wir vor einer roten Ampel warten.

Das mit dem Schneefeld in der Sonne klingt poetisch, huscht mir durch den Kopf. „Ich habe ein Speed Dating überlebt!"

Der Fahrer lacht auf. Er sieht wie ein netter Kerl aus und vertrauenswürdig dazu, er wirkt unbeschwert, ist bestimmt zehn Jahre jünger als ich. Konfuse Gedanken stürzen auf mich ein.

„Haben Sie Angst vor Wollmäusen?", frage ich.

Ich ernte einen hilflosen Blick. Oder spiegelt sich darin Argwohn?

„So begann mein Speed Dating!"

Beide müssen wir lachen. Unaufgefordert breite ich meine Erfahrungen des Abends vor Lars, dem Taxifahrer, aus. Mir tut es gut, einen Zuhörer zu haben, der keine wohlmeinende Ratschläge gibt.

Vor dem Restaurant schaltet Lars das Taxameter aus und verlangt kein Geld, weil er vor Weihnachten jedem zehnten Gast die Fahrt schenke, erklärt er.

Eine nette Lüge.

Ohne nachzudenken lade ich ihn zum Essen ein, wie ich das immer mit Taxifahrern tue, die mir eine Fahrt schenken, versichere ich ihm. Lars lacht abermals, seine Augen funkeln. Er sieht gut aus, fällt mir auf. Und er nimmt die Einladung an.

Warum muss ich ausgerechnet jetzt an meine Mutter denken?

Bettina Schneider
Nach einem Studium der Betriebswirtschaftslehre und zehn abwechslungsreichen Jahren im Rechnungswesen in der Privatwirtschaft hat die Berlinerin trotz Kindern und Hund heute Freiraum für kreative Tätigkeit. Sie schreibt mit Begeisterung Kurzprosa, einiges davon ist veröffentlicht. Ihre Geschichte „Herzenssache", wurde schon für das Mölltaler Geschichten Festival 2018 „Begegnungen" ausgewählt, 2019 erschien in der Anthologie „Gegenwind" ihre Geschichte „Überwiegend heiter mit Gegenwind".

MONSTERPRÜFUNGEN UND MÜLLPAPIER

MARKUS GRUNDTNER

Paul wollte Anwalt werden, deshalb ging sein Leben auf und ab, es war ein Parcours aus Prüfungen und Papier. Er arbeitete in der Kanzlei von Dr. Schillinger, war seinem Chef aber noch nie begegnet. Die Kanzlei betrat Schillinger spätnachts oder frühmorgens. Dafür kannte Paul Schillingers Akten. Als Praktikant war es seine Aufgabe, sie freitagabends im Sekretariat aufzulegen, abholbereit für die kommende Woche. Paul kannte auch Schillingers Foto auf der Kanzlei-Homepage – ein Porträt in Denkerpose, Daumen und Zeigefinger der rechten Hand lagen an Kinn und Wange. Seine Augen glasklar. Und Paul kannte die Geschichten aus Schillingers fünfundzwanzigjähriger Gerichtserfahrung. Die anderen Anwälte der Kanzlei tradierten sie beim Mittagessen und in den Kaffeepausen weiter.

Pauls Studium am Juridicum Wien neigte sich bereits dem Ende zu. Seine Professoren hatten über die allgemeinen Berufsaussichten bislang maximal unkonkret doziert: „Als Jurist können Sie alles werden."

Dagegen wartete Schillinger mit Weisheiten auf, etwa über den Berufsstand allgemein: „Ein Jurist ist der Notarzt der Gesetze. Er muss sie zum Leben erwecken." Oder darüber, was einen guten Anwalt ausmachte: „Ein Anwalt braucht entweder ein Wissen oder ein Auftreten. Mit dem einen kaschiert er das Fehlen des anderen." Und wogegen er kämpfte: „Die Kriminalisierung des Arbeitsrechts schreitet voran. Da steckt eine Kassiererin fünfzig Cent Wechselgeld ein, schon ist sie entlassen und steht vor dem Strafrichter."

Immer wenn Paul jene Zitate an der Universität vortrug, bediente er das Verlangen aller, die bestätigt haben wollten, dass Anwälte in Wirklichkeit noch schlauer und verwegener waren als in Film und Fernsehen. Alle Jus-Studenten mussten Monsterprüfungen meistern. Die Anspannung bis zum Prüfungstag, die Aufregung während der Prüfung und die Entspannung danach – diese

Hochschaubahn der Gefühle, in die Studenten immer wieder von Neuem einsteigen mussten, sollte sich am Ende lohnen.

Um zu erfahren, ob Paul seine Zukunft als Anwalt bei Dr. Schillinger beginnen durfte, musste Paul aber Schillinger begegnen. Sein Bewerbungsgespräch für den Praktikumsjob hatte er mit der immer überarbeiteten, immer überdrehten Anwältin Karin Wegmann geführt. Damals hatte sie nebenbei erwähnt, dass Schillinger abends mit einer Runde aus Mandanten und Kollegen leidenschaftlich gern kartenspielte. Paul wiederum wurde nicht müde, Wegmann laufend daran zu erinnern, dass er selbst Hobby-Kartenspieler war, damit es Schillinger zu Ohren kommen würde.

Doch das war nur Plan A, denn Paul blieb regelmäßig länger im Büro. Er wartete auf einen Notfall, bei dem er einspringen konnte. Und so kam es dann auch.

An einem Freitagnachmittag läutete das Telefon der Chefsekretärin. Sie war schon nach Hause gegangen. Paul lief zum Apparat. Vielleicht war es sogar Schillinger selbst, der anrief. Das konnte Pauls Gelegenheit sein, mit ihm zu sprechen, denn Schillinger überreichte die Visitenkarte mit seiner Nummer nur jenen Menschen, von denen er direkt angerufen werden wollte.

Paul hob ab, es war die Anwältin Wegmann, die sagte: „Gut, dass du noch da bist. Es gibt einen Notfall. Schillinger hat heute eine spontane Besprechung mit einem neuen Mandanten. Dafür musst du ihm den Stankowski-Akt bringen. Ins Café Eva. Das ist hinter dem Straflandesgericht."

Paul nahm den Akt, verließ die Kanzlei und eilte zur nächsten Straßenbahnhaltestelle. In der Straßenbahn verschaffte er sich einen Überblick über das Verfahren: Schillingers Mandant hieß Janusz Stankowski. 20 Jahre hatte er als Qualitätsmanager für die Zebbra GmbH gearbeitet. Das Unternehmen stellte Werbung an so viele Haushalte wie möglich zu. Der größte Feind der Zebbra waren „Bitte keine Reklame"-Aufkleber. Dennoch schaffte es Stankowski, seine Verteilquoten stabil zu halten. Die Zebbra-Kunden feierten die große Reichweite ihrer Prospekte. Anstatt einer Gehaltserhöhung erhielt Stankowski von der Geschäftsführung jedoch ein Entlassungsschreiben. Unternehmensintern hatte sich gegen Stankowski ein Verdacht erhärtet: Es hieß, er hätte einen Großteil der vermeintlich ordnungsgemäß verteilten Reklame als Altpapier ins Ausland verkauft.

Paul sah vom Akt auf und erkannte: Papiermüll ließ sich also zu Geld machen.

Stankowski hatte sich in einer Stellungnahme an Schillinger gerechtfertigt: Dies entspräche alles den Tatsachen, mit dem entscheidenden Unterschied, dass es der Geschäftsführer selbst gewesen sei, der ihn angewiesen hätte, das Hochglanzpapier per Müllverkauf zu entsorgen. Stankowski hätte nur aus Angst um seinen Job die Anweisung befolgt.

Paul betrachtete Stankowskis Mitarbeiterfoto. Es war das schiefe Lächeln eines Mittvierzigers, der darüber nachzudenken schien, an welcher Abzweigung seines Lebens er jenen Weg eingeschlagen hatte, der ihn als Qualitätsmanager für Prospektverteilung hatte enden lassen. Er wirkte wie jemand, der etwas anderes hätte werden wollen – Oberhaupt seines eigenen Unternehmens zum Beispiel.

Für Paul ergab sich aus dem Akt nicht der Steckbrief eines kriminellen Genies, sondern das Bild eines einfachen, aber ambitionierten Angestellten, der übertölpelt worden war.

„Die Wahrheit ist weder schwarz noch weiß und auch nicht grau", so Schillinger.

Paul schloss den Akt, in dem es um nichts anderes ging als um Papier. Er dachte an den Gerichtsprozess, in dem sich Juristen mit dem Ausspielen von Urkunden und Schriftsätzen übertrumpften: Da legte eine Seite eine kompromittierende Mail vor und die andere Seite erhöhte mit einem tausendseitigen forensischen Gutachten.

Vor Gericht eskalierte alles sehr schnell.

Es war ein Kartenspiel mit Urkunden, die Produktion einer Masse an Papier – und das in jedem Verfahren. Aber es ging ja auch nicht anders, denn im Prozess gab es nichts Wichtigeres als den Akt.

„Akten sind selbsterklärend. Was nicht im Akt ist, ist nicht in der Welt", so Schillinger.

Paul schob den Akt zurück in die Tasche, die Straßenbahn hielt, Paul stieg aus und hetzte die Mauer des Straflandesgerichts entlang, an das sich das Café Eva anschloss. Eilfertig betrat er das schummrige Kaffeehaus. Vor allen Fenstern hingen dicke Vorhänge – das Tageslicht musste draußen bleiben. Paul stellte sich auf die Zehenspitzen, um Schillinger unter den Lokalgästen zu entdecken. Ein Kellner lief an Paul vorbei – ins Innere des langgezogenen Raumes.

„Schillinger?", fragte Paul.

„Folgen Sie mir bitte", sagte der Kellner.

Er führte Paul tiefer ins Café Eva hinein. Sie bogen in einen Gang, gingen an Hinterzimmern vorbei. In dem Lokal, in dem alle Anwesenden Anwälte und Richter waren und ihre Verschwiegenheitspflicht wahren mussten, gab es also noch weitere abgesonderte Räume. Räume für die echten Geheimnisse – da, wo die aufregendsten Dinge erzählt wurden.

Der Kellner brachte Paul ins hinterste Hinterzimmer. Der Kellner öffnete die Tür, Paul trat ein. Am Ende einer langen Tafel saß Schillinger: Er trug einen dreiteiligen Anzug und rauchte eine dicke Zigarre. Im Halbdunkel sah es zuerst so aus, als hätte er eine Getränkedose im Mund, eine von der kleineren Sorte, Red Bull etwa.

Anstatt etwas zu sagen, kramte Paul in seiner Tasche nach dem Akt. Schillinger paffte seine Zigarre.

Schillinger fragte: „Was ist der Unterschied zwischen uns Anwälten und einer Prostituierten?"

Paul stutzte.

Schillinger sagte: „Eine Prostituierte macht nicht alles für Geld."

Paul brachte ein Lachen hervor, das mehr nach erstickter Überraschung als nach befreiender Belustigung klang. Er betrachtete Schillinger genauer, er erinnerte sich an sein Porträtfoto. Darauf hatte Schillinger gepflegte glatte Haut und war rasiert. Selbst im schlechten Licht sah Paul die Vertiefungen von Schillingers pockennarbigen Wangen und seine Bartstoppel. Sein Blick war auch nicht glasklar, sondern fiebrig und fahrig.

Paul bekam den Akt zu fassen und reichte ihn Schillinger, der den Aktendeckel betrachtete, auf dem der Name des Mandanten stand. Schillinger schüttelte den Kopf und sah Paul mit tief betroffenem Blick an.

Paul sagte: „Wenn einer diesem armen Menschen helfen kann, dann Sie."

„Armer Mensch?", sagte Schillinger, lachte und winkte ab, „Bitte, ich lache nicht über Sie, aber Sie müssen eines über Herrn Stankowski wissen." Schillinger zog an seiner Zigarre, und sagte, während der Rauch aus seinem Mund um sein Gesicht aufstieg: „Stankowski gehört nicht zur Unterwelt, Stankowski IST die Unterwelt."

Schillinger achtete auf den Tisch, genau neben den Aschenbecher, und sagte: „Sie wissen ja – was nicht im Akt ist, ist nicht in der Welt. Aber das heißt auch, dass nicht alles, was in der Welt ist, auch im Akt ist. Wenn Sie verstehen, was ich meine."

Paul verstand nicht. Schillinger fuhr fort: „Stankowski ist der geborene Unternehmer. Er hat da neben seinem Papierverkauf noch ganz andere Dinge am Laufen. Und das ist gut so, unschuldige Menschen sind mir zu langweilig." Schillinger legte den Akt vor sich: „Die Entsorgung der Postwurfsendungen ist nur die Spitze des Müllbergs."

Es klopfte an der Tür. Paul fuhr erschrocken zusammen. Schillinger sagte: „Da ist er ja schon … Herein bitte!"

Als hinter Paul die Tür aufging, fragte Schillinger: „Ich habe gehört, Sie sind Kartenspieler?" Paul nickte. Schillinger holte ein silbernes Etui hervor, klappte es auf, sagte: „Hier, die Einladung für das einzig wahre Spiel", und reichte ihm seine Visitenkarte, „Denken Sie darüber nach, Herr Kollege." Paul nahm die Karte, wandte sich um und blickte nun in Stankowskis grinsendes Gesicht. Im Vergleich zu seinem Mitarbeiterfoto sah er aus, als wäre er mittlerweile ganz in seinem Element.

„Eine Sache noch …" – Paul drehte sich wieder um, Schillinger machte eine Revolvergeste mit Daumen und Zeigefinger der rechten Hand und sagte: „Immer anständig bleiben."

Paul ging durch das Zwielicht des Cafés und trat dann in die Dunkelheit auf der Straße. Mit „Herr Kollege" hatte Schillinger ihn angesprochen. Dass Paul „immer anständig bleiben" solle, hatte er gesagt. Paul war unklar, wie Schillinger

dies gemeint hatte. Auch alles andere, was er ihm gerade erzählt hatte, konnte er nicht einordnen. Wenn irgendjemand Paul jetzt eine simple Aufgabe gestellt hätte, ihn beispielsweise gebeten hätte, auf einem bemalten Blatt Papier Schwarz, Weiß und Grau zu unterscheiden, er hätte es nicht geschafft. Nichts erschien ihm mehr sicher, außer einer Sache: Sein aktueller Zustand, in dem er nicht wusste, wo oben und unten war, was richtig und falsch war, und dass sich in seinem Kopf alles im Kreis drehte wie eine wild gewordene Kompassnadel, durfte kein Dauerzustand für ihn werden.

Paul fühlte sich schwindlig, so als wäre er mit einer Achterbahn einen Looping zu viel gefahren. Schillings Visitenkarte hielt er noch in der Hand. Er machte eine Faust, die das Visitenkartenpapier zerknüllte.

Er näherte sich einem Abfalleimer, der an eine Laterne montiert war. Der Eimer war bis oben randvoll. Paul legte das Knäuel auf den Müll, ging zwei Schritte weiter, da krachte es hinter ihm. Der Boden des Eimers hatte unter der Last nachgegeben. Ein Haufen Müll lag auf dem Bürgersteig, eine Dose Red Bull rollte an Pauls Fuß heran. Da bekam er eine Nachricht von Wegmann auf sein Diensttelefon: Sie würde heute länger arbeiten, daher wäre ein Platz in Schillingers Kartenspielrunde frei, er müsste nur umdrehen und zurückgehen.

Paul tippte eine kurze Antwort – Wegmanns Rückmeldung: „Du willst nicht mehr mitspielen? Du hast gar nicht richtig angefangen."

Paul steckte sein Telefon weg, kickte die Dose Red Bull zum Müllhaufen, ging zur Straßenbahn und fuhr nach Hause. Er nahm eine gemächliche Route, entspannte sich dabei und sammelte Energie, um vorbereitet zu sein für seine nächste Monsterprüfung.

Markus Grundtner
Der Wiener bezeichnet sich als Autor im Sein, Anwalt im Werden und Journalist im Ruhestand. Nach Studien der Theater-, Film- und Medienwissenschaft sowie der Rechtswissenschaften in Wien ist er nun an verschiedenen Schreibtischen in Wien und Triest tätig. Seine Kurzprosa ist in Zeitschriften und in Anthologien erschienen – darunter auch in unserem Buch „Begegnungen". Er gewann 2017 den Wiener Werkstattpreis/Publikumskategorie und erhielt 2018 ein Startstipendium für Literatur des Bundeskanzleramtes. 2020 erschien seine Kurzgeschichtensammlung „Planet im Ausverkauf" im Hamburger Literatur Quickie Verlag.

FLÜCHTIG

VERONIKA BUCHER-ZIRKNITZER

Ihr Blick schweift auf die andere Talseite, die Höfe und Bäume verharren wie vom Schatten verschluckt. Die flache Februarsonne ist im Begriff, ihr Tagewerk zu vollenden und wirft ihre letzten Strahlen aus. Sie zaubert einen warmen, bronzenen Schein in das sonst so blasse Gesicht. Die Haare bewegen sich sanft auf der von der Abendsonne getrockneten Stirn. Der Winter zeigt sich von seiner sanften Seite, der weiche Schnee liegt nicht höher als bis an den hohen Schuh. Endlich, endlich ist sie in ihrem neuen Leben angekommen, die letzten warmen Sonnenstrahlen des Tages aufsaugend. Hier kann sie wieder frei sein. Die schmerzenden Füße vermögen dieser Beglückung keinen Abbruch zu tun. Vor der Hütte steht noch immer die Bank mit den Astlöchern, in die sie früher, zur Freude der Großmutter, die gepflückten Blumen hineingesteckt hat. Im Rücken die sonnengebräunte Almhütte. Sie saugt die kalte Winterluft ein, spürt den Atem auf dem Weg in ihr Innerstes. Alles ist plötzlich so vertraut. Das Tal, der Bach, der sein Schweigen nur bricht, wenn das Rinnsal nach einem Gewitterregen zur Flut mutiert.

Wird der Schlüssel noch an dem geheimen Platz sein, der in ihrer Erinnerung bis zum heutigen Tag so präsent ist, als wäre sie nur ein paar Tage fort gewesen?

Immer und immer wieder muss sie daran denken, warum sie an diesen Ort zurückgekehrt ist. Niemand wird sie hier suchen, zu streng hat sie ihr Geheimnis bewahrt. Hier wird sie ihre Ruhe haben. Ruhe vor dem Oberarzt mit der goldenen Pilotenbrille, der mit seinen intellektuellen Worthülsen dauernd nur von der Krankheit spricht, die sie nicht akzeptieren will, nicht akzeptieren kann. Nichts und niemand wird es je schaffen, ihr die Freiheit wieder zu nehmen. Sie gehört ihr. Hier wird sie endlich Ruhe finden, von den Pflegerinnen, denen man nicht über den Weg trauen kann, und vor denen sie erfolgreich verbergen konnte, welch unglaubliche Entschlossenheit ihrem Handeln vorausgegangen ist. Und

von der Mutter, die niemals verstehen wird, wie es in ihrem Inneren aussieht. In ihrem neuen Leben wird sie nie mehr zulassen, dass irgendjemand ihr die Autonomie raubt. Hier heroben ist all ihre Angst verflogen. Sie hat den sichersten Ort der Welt gefunden.

Sie wartet, bis die Dunkelheit sich über das Tal legt. Dann endlich wird sie den Herd anfeuern und sich an einer wärmenden Mahlzeit stärken. Zum Glück haben die Verwandten im Herbst einige Vorräte hiergelassen. Nudeln und Reis, Salz, Zucker, Mehl und Polenta, Hagebuttentee und sogar Instant-Kaffee steht in der Kredenz. Getrocknete Teekräuter in Deckelgläsern, fein säuberlich angeschrieben – Graupen, Wermut, Brennnessel, Schafgarbe. Ein Glas mit dunklem Inhalt, eine braune Masse von zäher Konsistenz erweckt ihre Aufmerksamkeit. Vor ihren Augen erscheint das Bild der über alles geliebten Großmutter, die ihr jeden Morgen liebevoll ein Butterbrot mit Hollersolschn hergerichtet hat. Und es scheint ihr, als wäre das alles erst gestern gewesen.

Dieses Ritual, auf das sie sich jeden Morgen so sehr freute, noch bevor sie unter der grauen, gewalkten Decke hervorgekrochen war. Ein Dutzend Jahre sind seitdem vergangen, Jahre in denen sie sich oft zurücksehnte, an den Ort wo sie einmal Geborgenheit fand und glücklich war. Die alten Decken sind immer noch da, bald wird sie sich einhüllen und dem wunderbarsten Schlaf hingeben. Die Großmutter, der Vater, wo sind sie jetzt? Haben sie jemals noch an sie gedacht, nachdem sie ihre geliebte Heimat im abgelegenen Bergtal verließ? Verlassen musste, weil die Mutter fortgehen wollte, die Künstlerin, die in der kargen Bergwelt einmal ihre Liebe, aber keine Anerkennung gefunden hat.

In Gedanken fest versunken und darauf wartend, dass die hereinbrechende Nacht den aufsteigenden Rauch verbirgt, suchen vertraute Bilder ihr Bewusstsein. Die Gedanken fördern ein Wechselbad der Gefühle zutage. Verwandeln Glücksgefühle in Furcht. Die Bilder aus der unbeschwertesten Zeit ihres Lebens vermischen sich mit denen der letzten Tage, seit sie aus der Klinik geflohen ist.

Der Spaziergang mit der Pflegerin und den anderen Patienten, die wie sie ihr tägliches Kontingent an Bewegung absolvieren mussten. Die Vorstellung, wieder zurück in die Klapse zu müssen, hinter die geschlossenen Türen, Gitterstäbe vor den Fenstern, die man ohnehin nur einen Spaltbreit öffnen konnte. Wieder auf den in weißes Neonlicht getauchten Gängen endlose Runden drehen. Nein, das würde sie nicht länger aushalten. Heute musste es einfach gelingen. Die Pflegerin, die zum Glück abgelenkt war durch das nichtssagende Gerede der anderen, das vorgetäuschte Telefongespräch auf dem Handy, das den Abstand zu den vor ihr Gehenden rechtfertigte. Der Spurt, den sie hinlegen musste, um das Anwesen durch diese mächtige, schmiedeeiserne, halb offene Pforte zu verlassen, die so viel Autorität widerspiegelt. Der Herzschlag der sich so laut anfühlte, dass ihn alle Menschen hören mussten. Den Ort, den sie so schnell sie konnte verlassen musste, ohne Aufmerksamkeit auf sich zu lenken. Die Polizei, die sicher nach ihr suchte. Die Stunden, welche sie im ausgetrockneten Wasserdurchlass unter der Autobahn kauerte, sie fühlten sich wie eine Ewigkeit an. Der Lärm der über sie hinwegrasenden Autos grub sich in ihren Kopf. Die Kälte drang unter den Anorak.

Sich selbst umschlingend versuchte sie, den zitternden Körper zu wärmen. Die Beine schliefen immer wieder ein. Sie konnte die feuchte Erde riechen. Viel zu zögernd legte sich die Dämmerung über die Stadt. Die Dunkelheit herbeisehnend spürte sie, wie sich eine bedrohende Angst in ihrem Körper ausbreitete.

Die Gedanken donnerten wie ein hereinbrechendes Unwetter durch den Kopf, schleuderten vom Höhenflug in den Abgrund tiefster Depression. Die durchtanzten Nächte, die ultimative Freiheit und pure Ekstase, losgelöst von allen Fesseln. Nicht der kleinste Anflug von Erschöpfung konnte von ihrem Körper Besitz ergreifen. Es schien, dass nichts die Manie zu bremsen vermochte.

Wie ein dunkler Deckel war sie plötzlich doch da, die unendliche Traurigkeit, die dem Hochgefühl in ungebührlicher Heftigkeit ein Ende bereitete. Die unsägliche Schwermut, die sich wie ein bleierner Koloss auf die zerbrechlichen Schultern legte. Alles lag so nah beieinander, so nah am Erlebten und so fern von ihren Sehnsüchten. Diese Achterbahn ließ das Geschehene noch intensiver, noch schmerzvoller erscheinen. Die Sehnsucht zog sie immer heftiger an den Ort der glücklichen Kindheit, nach den geliebten Menschen, den Tieren und der Natur.

Im Schutz der Finsternis hatte sie ihr enges Versteck verlassen, den Lärm und die grellen Lichter der Autos hinter sich lassend, folgte sie nur einem Ziel auf dem Pfad der Befreiung. Dorthin, wo sie hingehört. In eine Zukunft, in der sie all das Bedrohende hinter sich lassen und die ersehnte Freiheit zurückgewinnen könnte.

Die Ermattung spürte sie nicht, noch nicht.

Der Schlüssel, der inzwischen noch ein paar rostige Stellen dazu bekommen hat, er hängt noch immer hinter dem Balken unter dem Vordach. Diesen kunstvoll gebogenen Schlüssel, den sie in ihrer Kindheit wie eine wertvolle Feder sorgsam in ihren Händen hielt.

Veronika Bucher-Zirknitzer
Auf einem kleinen Bauernhof in Großkirchheim geboren, verließ sie das Mölltal früh, um zuerst nach Klagenfurt, dann nach Liechtenstein, anschließend mit ihrem Mann in die Schweiz zu ziehen, wo sie nun seit über 30 Jahren lebt. Seitdem ihre Kinder außer Haus sind, arbeitet sie als Krankenschwester auf der Akutstation einer psychiatrischen Klinik in Bern. Ins Mölltal kehrt sie immer wieder gerne zurück.

HANNAH UND DIE ELEFANTEN

EVA WOSKA-NIMMERVOLL

Hannah sagt, in den Prater geht sie nicht, dort graust ihr vor den Leuten. Aber Hannah, die kleinen Kinder, die haben doch ihren Spaß, sage ich. Es ist furchtbar, sagt Hannah, wenn man kleine Kinder dazu zwingt, Spaß zu haben. Das ist nämlich gar nicht ihrer, also der von den Kindern, sondern nur der von den Eltern. Kinder haben ja gar keine Chance, wenn sie erst einmal im Prater sind. Hannah verdreht die Augen und klopft mit dem Feuerzeug auf die Tischplatte. Sie hat das Kaffeehaus ausgewählt, sie hat mich ausgewählt.

Dass ich mit ihr in den Prater gehen will, ist in Hannahs Augen – das sehe ich in ihren Augen – eine saublöde Idee. Ich will jetzt eh nicht mehr, aber Hannah tut so, als würde ich sie dazu zwingen wollen.

Hannah hat ihr Essen ausgewählt, Sacherwürstel mit Kren. Der Kellner, ein hübscher Typ, wendet sich zum Gehen. Hannah schreit ihm nach, lauter als nötig, dass sie Senf auch dazu haben will, aber bitte kein Ketchup. Der Kellner wirft noch ein schnelles Lächeln nach ihr, ein maximal zwei Sekunden langes; Zeit ist Geld. Für das wenige Trinkgeld, das er glaubt, von Hannah oder mir erwarten zu können, ist kein längeres Lächeln drin. Hannah bemerkt es nicht, sie spielt wieder mit dem Feuerzeug, sie dreht es in der Hand. Wäre ich das Benzin, würde mir schon schlecht werden. Gleich darauf denke ich, hoffentlich habe ich nicht so dreingesehen, als würde mir schlecht werden, sonst glaubt Hannah, sie hat sich in mir verwählt.

Eine genervte Hannah wollte ich hier nicht sitzen haben. Nein, dann lieber kein Prater, sage ich, meine Stimme zittert. Hannahs Augen werden größer. Andererseits, sagt Hannah, gibt es im Prater ja nicht nur Leute, sondern auch Tiere. Sie rümpft die Nase auf eine liebe Art. Ja, sage ich leise. Tiere gibt es. Wenn ich jetzt sage, Elefanten beispielsweise, wird sie dann begeistert sein oder wird sie sagen, um Gottes willen, Elefanten? Ich wünsche mir nicht, dass Hannah um

Gottes willen sagt. So etwas möchte ich um Gottes willen aus Hannahs Mund nie hören müssen. Hm, sagt Hannah, Elefanten – aber sonst? Die Luft vibriert vor lauter ungedachten und ungesagten Tierarten. Das Feuerzeug wird hingelegt. Ich kann gar nicht hinsehen, so sinnlos liegt es da. Rauchen ist nicht mehr erlaubt in Cafés. Alle Geschichten über in Cafés rauchende Frauen sind veraltet. Der Gedanke macht mich traurig.

Also, was ist jetzt?, ruft Hannah. Herzklopfen. Ich habe ganz vergessen aufzupassen, was jetzt ist oder sein könnte. Also zwinge ich mich zu einem billigen Lächeln. Aber, das Ungewöhnliche passiert: Hannah lächelt zurück. Die Antwort auf ihre Frage muss sie sich jedoch selbst geben. Ich addiere ein Kopfnicken zu unserem Lächeln und hoffe, die Summe wird sie überzeugen. Hannah nickt jetzt auch und sagt: Gut, dann gehen wir in den Prater zu den Elefanten. Sie seufzt. Es ist schön, dass so schnell eine Entscheidung um die Ecke gekommen ist. Ich spüre, wie mein Herzschlag sich verlangsamt auf ein nahezu normales Tempo. Normal ist relativ, das weiß ich schon. Mir fällt ein, dass es im Prater wahrscheinlich gar keine Elefanten gibt.

Hannah kratzt sich am Kopf. Ich atme die Kaffeehausluft ein, die rauchlose und denke, eigentlich ein schöner Moment. Der Kellner – dass er hübsch ist, muss ich neidvoll immer dazudenken – kommt mit Hannahs Sacherwürsteln, das sind überlange Frankfurter. Dazu gibt es Kren und Senf, wie bestellt, auf ganz kleinen Tellern. Hannah schaut auf die Teller, dann auf den Kellner und macht ein komisches Gesicht. Im Mickey-Maus-Heft würde über ihrem Kopf „Schluck!“ stehen. Hier im Kaffeehaus hängt nur ein Fragezeichen in der Luft. Der Kellner flüchtet vor dem Fragezeichen. Hannah sieht nun mich an. Das kann ich niemals aufessen, das ist viel zu viel, sagt sie. Ihr Gesicht legt sich in Verzweiflungsfalten. Und er hat das Ketchup vergessen, murmelt sie. In mir fängt wieder das große Zittern an. Ich sage lieber nichts; wer weiß, wie viel vom Zittern dann mit der Stimme mitkommt.

Da könnten Tausende Elefanten an uns vorbeilaufen in der Zeit, die gefühlt vergeht, bis Hannah beginnt, ihre viel zu vielen Würstel zu essen. Und wie sie isst: Das riesige Paar, das es sogar geschafft hat, über einen mittelgroßen Teller hinauszuragen, ist weg in gefühlt fast gar keiner Zeit! Samt Senf. Nur den Kren hat

Hannah nicht angerührt. Sie wischt sich mit der zarten weißen Kaffeehausserviette über den Mund. Hab' ich dir eigentlich gesagt, fragt Hannah, warum mir vor den Leuten im Prater graust? Zuversichtlich schüttle ich den Kopf. Hannah erklärt mir, dass die Leute im Prater alle Arten von grauslich repräsentieren, die Hannah kennt: Sandler und Süchtler, Speibende und Spießer. *The whole lot*, sagt Hannah und es klingt nicht sehr englisch.

Jetzt nur kein Aber aufkommen lassen. Soviel weiß ich schon über Hannah. Aber, sagt Hannah, wenn man die mal alle ausklammert, bleiben immer noch die kleinen Kinder, die haben ja ihren Spaß. Na, dann, sage ich, lass uns zahlen und in den Prater gehen.

Eva Woska-Nimmervoll
Ihr erster Roman, „Heinz und sein Herrl" erschien 2019 bei Kremayr & Scheriau. Die freie Journalistin, Autorin und Schreibpädagogin aus Baden bei Wien ist Mitglied der Grazer Autorinnen Autorenversammlung (GAV). Ihre Geschichten wurden in Anthologien und Literaturzeitschriften veröffentlicht und sie erhielt den Förderpreis Harder Literaturpreis 2016 sowie verschiedene Stipendien. Sie schreibt auch Songtexte und singt, bevorzugt Folk.

SAFE CROWD©

DAVID JACOBS

„Das Leben ist eine Achterbahn, Gregor", sagte Helga, als sie mich verließ. „Für mich kann es jetzt nur noch aufwärts gehen", fügte sie hinzu.

Wir waren drei Jahre zusammen. Dass sie mich verlassen würde, kam nicht ganz unerwartet. Die wenigsten Frauen stehen auf Loser.

Damals war ich gekränkt. Aber inzwischen finde ich dieses Gleichnis tröstlich. Vor allem, wenn es mir schlecht geht. Bei der Achterbahn steigst du schließlich auch ganz unten ein.

Und ich war unten, als die Seuche ausbrach.

Ganz unten.

Ich muss einer der ersten gewesen sein, der sich angesteckt hat.

Kein Wunder, dass es mich erwischt hat. Ich bin schon immer gerne auf Partys gegangen. Wenn mich niemand einlädt, finde ich jemanden, der mich mitnimmt. Und wenn mich keiner mitnimmt, kreuze ich einfach so auf. Ich frage, wo ich den Wein hinstellen kann, den ich mitgebracht habe und gehe ans Büffet. Das klappt immer.

Die Achterbahn kam ins Rollen, als endlich ein Test entwickelt wurde.

Ich war einer der Ersten, die getestet wurden. Ich hatte einen leichten Schnupfen gehabt. Mehr war da nicht. Kein Fieber, keine Atemnot, aber der Arzt wollte auf Nummer sicher gehen.

Und Bingo!

Ich war positiv.

Wenn der Test anschlug, warst du clean. Du konntest beweisen, dass du die Seuche schon gehabt hast. Und auf einmal eröffneten sich ganz neue Gelegenheiten.

Seitdem sie uns Positiven diese grünen Leuchtarmbänder angelegt haben, bin ich im Geschäft. Wenn ich wollte, könnte ich arbeiten. Man nimmt uns überall mit Kusshand. Kliniken. Pflegeheime. Gastronomie.

Aber ich arbeite nicht gerne.

Ich lasse mich lieber mieten.

Wer eine Party schmeißt, muss nachweisen, dass mindestens 60 Prozent der Gäste immun sind. Sonst findet das Ganze nicht statt. Jetzt habe ich ausgesorgt.

Die Agentur, für die ich unterwegs bin, heißt safe crowd©. Pro Einsatz bekomme ich 100 Franken. Essen und Getränke sind frei. Sie schicken mich jeden Abend woandershin. Und sie stellen mir ein Outfit, das dem Anlass entspricht. Das Einzige, was ich machen muss, ist mein Armbändchen leuchten lassen und die Klappe halten. Die Kunden fühlen sich einfach sicher, wenn genug von uns da sind.

Es beginnt immer mit einem kleinen Briefing.

Mark ist unser Coach.

Wenn er spricht, sind wir still.

Heute Abend stehen wir zu zehnt in der Tiefgarage einer Villa auf den Hügeln oberhalb der Stadt.

„Der Mann wird 80. Er hat sechs Gäste", sagt Mark und kontrolliert, ob unsere Klamotten vorschriftsmäßig sitzen.

„Ihr redet nur, wenn ihr angesprochen werdet. Wer sich betrinkt, fliegt raus!"

Ich stehe neben Petra. Wir treffen uns oft bei solchen Einsätzen.

Petra gähnt und wir schauen uns interessiert an. Frag mich nicht warum, aber sie mag mich.

Es ist das dritte Jubiläumsfestessen seit Anfang des Monats, das wir gemeinsam besuchen.

Die Kundschaft hat sich an uns Armbandträger gewöhnt. Sie ignorieren uns mit eleganter Gleichgültigkeit. Manchmal nickt uns einer zu. Aber auch dann blickt er durch uns hindurch, als wären wir Luft.

Jubiläen sind immer noch besser als Businesstermine. Da kann es vorkommen, dass du drei Stunden lang vor einem Glas stillem Mineralwasser sitzt und zuhörst, wie sich ein Notar mit heiserer Stimme durch seine Urkunden und Verträge quält. Businesstermine bringen außerdem nur 80 Franken.

Dann doch lieber ein runder Geburtstag.

„Verteilt euch bei dem Sektempfang gleichmäßig unter die Leute", sagt Mark und schaut uns dabei scharf an.

„Für das Dinner gibt es Tischkärtchen."

Mark muss am Anfang immer strikt für einen ordnungsgemäßen Ablauf sorgen.

Dabei weiß er so gut wie wir; spätestens nach einer Stunde sitzen wir in irgendeiner Ecke zusammen. Rauchen auf der Terrasse.

Blicken hinab auf die Stadt und den See.

Der Kunde ist schließlich König.

Und der König will unter seinesgleichen sein.

Partys von jungen Leuten sind uns lieber. Ist alles nicht so steif dann. Ich tanze gerne. Vor allem mit Petra. Sie tanzt gut. Aber solche Einsätze sind rar. Man muss sich das erst mal leisten können, so viele Positive zu mieten.

Mark ist jetzt fertig mit seinem Briefing. Wir steigen im Gänsemarsch die Treppe hinauf zu dem Empfang. Der Hausherr grüßt uns mit einem beiläufigen Nicken. Wir verteilen uns im Raum und versuchen möglichst unauffällig auszusehen. Nur die Armbändchen leuchten.

„Mal schauen, ob wir heute Abend wenigstens Champagner bekommen", flüstert Petra mir zu.

Mark schiebt sich zwischen uns.

„He, keine Klümpchen bilden", zischelt er mir ins Ohr.

Petra verdreht die Augen und rückt von mir ab.

„Ist ja gut", sage ich zu Mark und bewege mich zwei Schritte weiter.

Dann geht der Gastgeber ans Mikro:

„Liebe Freunde", sagt er, nimmt umständlich seine Lesebrille aus dem Etui und wedelt mit den engbeschriebenen Notizen für seine Stegreifrede.

Der Abend läuft wie immer. Um zwölf, als die Gäste gegangen sind, stellt uns der Caterer Lunchpakete mit Resten des Buffets zusammen. Man kennt sich.

„Kommst du noch auf einen Sprung mit zu mir?", fragt Petra.

Ich weiß genau, was sie will, wenn sie so schaut.

„Nein, diesmal nicht", sage ich und ziehe bedauernd die Schultern hoch.

„Vielleicht ein andermal", sage ich und gehe hinunter zur Tiefgarage, um meinen Anzug abzugeben. Petra weiß nichts von Bertine.

Ich hänge die Sachen auf die lange Kleiderstange, die den Blick auf die Limousinen des Hausherrn verdeckt und schlüpfe in meine Jeans. Draußen wartet der Kleinbus, der uns in die Innenstadt bringt.

Als wir ankommen, gehe ich noch schnell zum Spätkauf, um ein paar Sachen für Bertine zu besorgen.

„Bring grünen Spargel mit, wenn es schon welchen gibt. Und Erdbeeren, mein Engel", hat Bertine mir mit ihrer zittrigen Stimme ins Ohr geflüstert, als ich mich über sie beugte. Sie spricht nur noch sehr leise.

Ich kenne Bertine erst seit ein paar Wochen. Dass ich sie kennengelernt habe, verdanke ich der Seuche. Ich wusste gar nicht, dass sie auf dem gleichen Flur wohnt wie ich. Links vom Aufzug. Dritte Tür. Ich hatte sie nie bemerkt.

Fünf Tage nach Verhängung der Ausgangssperre klingelte es an meiner Wohnungstür. Als ich öffnete, lag ein Zettel auf dem Fußabstreifer.

„Bitte rufen Sie mich an", stand da.

Und eine Telefonnummer. Sie hat gleich abgenommen.

„Bertine Melier hier. Ich bin froh, dass Sie anrufen, Gregor."

„Können Sie etwas lauter sprechen?"

Sie musste sich anstrengen.

„Woher wissen Sie, wie ich heiße?", fragte ich.

„Das Klingelschild."

Seitdem kaufe ich für sie ein.

Sie muss in der Zeitung von mir gelesen haben. Ich war einer der ersten in Zürich, der das grüne Leuchtbändchen angelegt bekam. „Mr. Positiv kommt aus Zürich", stand in fetten Lettern über dem Artikel. Das Foto gefällt mir nicht. Ich wirke so alt darauf.

Anfangs stellte ich ihr die Einkäufe vor die Tür.

Irgendwann machte sie auf. Sie muss auf mich gewartet haben, denn sie stand lächelnd im Türrahmen, als ich gerade die Tüten abgesetzt hatte und strahlte mich an.

„Darf ich Sie auf einen Kaffee hereinbitten. Sie mögen doch Kaffee, oder?"

Ich zögerte.

„Ihnen kann bei mir nichts passieren, Gregor."

Sie deutete auf mein leuchtendes Armband und lächelte.

Bertine ist 84.

Elegantes Hauskleid.

Graulila Dauerwelle.

Mattgrüne Pumps.

Sie steht nicht mehr ganz gerade, aber sie hält sich aufrecht.

„Wenn das stimmt, was die Zeitungen schreiben, sind Sie Mr. Positiv?"

So fing es an.

Inzwischen besuche ich sie regelmäßig.

Ich mag sie irgendwie.

Bertine hat einen Narren an mir gefressen.

Ich bringe ihr meine Lunchpakete mit, wenn ich wieder einen Jubiläums-Einsatz hatte.

Bertine ist ein Schleckermäulchen. Sie strahlt mich an, wenn sie isst.

„Da war doch noch etwas pochierter Lachs, oder?", sagt sie.

Ich mag es, wenn es ihr schmeckt.

Für mich hätte alles ewig so weiter gehen können.

Aber seit ein einem Vierteljahr läuft es nicht mehr rund bei safe crowd©.

Es fing damit an, dass Herbert bei einem Einsatz einen Hustenanfall bekam. Er behauptete, sich verschluckt zu haben. Der Kunde brach die Feier trotzdem sofort ab.

So was spricht sich rum.

Mark kontrolliert seitdem vor jedem Einsatz unsere Körpertemperatur. Er hält dir das Thermometer an die Stirn, als wäre es ein Bolzenschussapparat. Wer mehr als 37,2 Grad Celsius hat, kann einpacken. Herbert habe ich nicht mehr gesehen.

Vor zwei Monaten wurde bekannt, dass die Tests, die wir absolviert haben, nur eine Trefferquote von 80 Prozent hatten. Seitdem ist das Geschäft von safe crowd© eingebrochen.

Vor fünf Wochen hatte ich einen letzten Businesseinsatz. Dann war Schluss.

Dann klingelten zwei Kantonspolizisten bei mir.

„Sie müssen mir das hier quittieren", sagte der eine und wedelte mit einem Formular vor meinem Gesicht herum.

Ich verstand erst, was er wollte, als der andere mit einer schweren Zange mein grünes Leuchtbändchen durchtrennte.

Sie ließen die Wohnungstür offen, als sie gingen.

Seitdem liegt mir Bertine mit ihrer Idee in den Ohren, mir Geld zu geben.

„Ich kann das nicht annehmen", sage ich zum fünften Mal zu ihr.

Aber sie lässt nicht locker.

„Ich habe keine Ahnung, wann ich dir das zurückzahlen kann."

„Du zahlst nichts zurück. Ich bin 84", sagt sie. „Ich will, dass du versorgt bist, wenn ich sterbe."

Sie hustet.

Es geht um den neuen Test. Er ist sicher und er ist teuer.

5 000 Franken für den Nachweis, dass du wirklich zu 100 Prozent immun bist.

Vorzügliche Schweizer Labortechnik.

Wenn ich wirklich positiv bin und eines der blauen Leuchtarmbänder bekomme, habe ich ausgesorgt.

Meine Agentur hat sogar schon einen Namen.

Premium Crowd©.

Spitzenservice für exklusive Kunden

Meine Leute werden alle blaue Leuchtarmbänder tragen.

Der Arzt sticht mir mit der Lanzette in die Fingerkuppe.

Ich denke an Bertine, als er den Blutstropfen auf einer Trägerplatte verstreicht und sie dann in den Analysator schiebt.

„Es dauert nur 20 Sekunden", sagt er, „dann wissen Sie Bescheid."

Ich höre das Rumpeln der Achterbahn. Es ist der perfekte Moment, um wieder einzusteigen.

David Jacobs
Der Coach und Trainer aus Göttingen arbeitete als Hausmeister, Erzieher, Fachlehrer und Heimleiter, bevor er sich selbstständig machte. Seit drei Jahren lebt er in Bonn, einer Stadt, die ihn zum Schreiben von Kurzgeschichten und Gedichten inspiriert.

FRITZ MUSS WEG!

EDITH ANNA POLKEHN

Das Leb'n is wia a Achterbahn, hat die Oma immer gesagt.

Mal geht's auffe, und mal geht's owe. Und merk dir, Kind, wennst ganz unt'n bist, dann kann's nur wieder auffe geh'n, tiefer geht's dann nimmer.

Die Oma ist sicher nie Achterbahn gefahren, nein, daran kann sich Lore nicht erinnern. Sie weiß aber noch genau, wie sie mit der Oma im Wiener Prater war. Damals war der Prater noch mitten auf dem freien Feld, jedenfalls schaut es auf der Schwarzweißaufnahme mit dem Büttenrand so aus. Dass man den gezackten Rand auf den alten Aufnahmen so nennt, hat Lore in der Ausbildung gelernt, im Fotostudio Meisl, Wien, zweiter Bezirk, Böcklinstraße. Sie war zwar nur für das Büro zuständig, aber mitgekriegt hat sie alles.

Auf dem Foto steht die Oma, ganz in Schwarz, na klar, ist ja auch ein Schwarzweißfoto. Aber die Oma war immer so dunkel angezogen, seit sie Witwe war. Auf dem Foto ist sie noch keine sechzig Jahre alt, sieht aber aus wie achtzig. Lore ist jetzt genau so alt wie die Oma damals, in vier Monaten wird sie sechzig. Höchste Zeit, das Leben noch einmal herumzureißen und auf der Achterbahn wieder ganz nach oben zu sausen. Weil tiefer geht's ja nimmer.

Die idiotische Bürotätigkeit in der Rechtsanwaltskanzlei erledigt sie dann bestimmt nicht mehr, wenn sie wieder oben ist. Abheften, abschreiben, Briefmarkerl abschlecken und draufpicken, all solchen Stumpfsinn eben, und das alles halbtags zu einem Hungerlohn.

Baba, ihr idiotischen Arbeiten!

Baba, Verzicht, Genügsamkeit und Sparen!

Lore winkt euch dann am Ende des Jahres als frischgebackene Sechzigerin von den Bahamas zu. Denn da gibt es seit ein paar Monaten den Friedrich, den alten, tattrigen, verliebten Friedrich Moser, der in Lore die Erfüllung all seiner Altmännerwünsche sieht:

Die wundervolle Haushälterin und Köchin einerseits und die leidenschaftliche Geliebte für das letzte Aufbäumen seiner Manneskraft andererseits. In beiden Bereichen hat Lore exquisite Fähigkeiten, wie in vielen anderen Bereichen auch, denn was sie macht, macht sie gründlich, das hat ihr das Leben schon beigebracht. Und mit dieser Einstellung ist sie bisher einigermaßen gut durchgekommen. Eine solche Chance wie den Friedrich hatte sie aber noch nie.

Der Friedrich ist als Klient der Kanzlei in ihr Leben getreten. Seine Vermögenswerte – explizit aufgeführt, denn er wollte sein Erbe unter Dach und Fach bringen – ließen in ihr einen Gedanken reifen, den sie bei all ihren vorherigen Männern immer verworfen hat: Heirat. Und der zweite Gedanke, der sich unweigerlich anschloss, wenn sie den Friedrich wirklich für sich gewinnen kann, hieß: Erben. Und zwar bald.

Den Friedrich zu erobern ist eine leichte Übung, ein paar interessierte Blicke, ein besonderer Schmelz in der Stimme, besondere Fürsorge, sich mal ein bisserl weiter über den Empfangstresen lehnen, wenn er in die Kanzlei kam, von allem eben ein kleines Bisserl mehr als die anderen Klienten kriegen. Aber gleichzeitig von allem immer ein bisserl weniger, als er sich gewünscht hätte, um beim Friedrich das Verlangen zu schüren und die Flamme am Köcheln zu halten. Friedrich schnappte den Köder schon, bevor seine Erbschaft die Möglichkeit hat, in eine Stiftung umgesetzt zu werden. Bereits nach wenigen Wochen hatte ihn Lore fest an der Leine.

„Ach, mein lieber Fritz", schnurrt sie, wenn er sie zum Essen einlädt. „Wie du mich verwöhnst. Noch kein Mann war so großzügig und fürsorglich wie du."

„Oh mei, Fritz, bist du ein Kavalier", flüstert sie, wenn er ihr die Wagentür aufmacht.

„Ach, mein wilder Tiger", seufzt sie, wenn sich Friedrich keuchend und verschwitzt von ihr wälzt. Er deutet ihr Stöhnen als lustvolle Erregung, doch es ist Erleichterung, dass der Akt wieder einmal geschafft ist.

Lores Lebensachterbahn beginnt, langsam und stetig nach oben zu fahren. Festliche Essen in teuren Restaurants, einige Wochenenden in Kitzbühel und am Wörther See, kleine Geschenke, ein Schal, ein Kaschmirpullover, eine schöne Uhr. Zu wenig für das, was sie an wohltuenden Einsätzen an Friedrich leistet, zu wenig, viel zu wenig. Denn noch sind es Geschenke, Rechtsanspruch hat sie keinen. Aber Lores Achterbahn fährt weiter beständig nach oben.

Den Friedrich, in milden Momenten Fritz genannt, in ganz besonders innigen Augenblicken Fritzi, muss die Lore aber erst noch zu einer Eheschließung überreden. Diese Abrichtung erfolgt in zwei Schritten, zuerst durch besonders fürsorgliche Bemutterung. Der Friedrich wird bekocht, dass es eine wahre Freude für ihn und seine Galle ist: Schnitzerl und Backhenderl, Gulasch wie bei der Mama, Tafelspitz, Schweinsbraten, Knödel und Erdäpfelsalat, alles fährt die Lore auf, was sie kochen kann. Und sie kann viel!

Zudem glüht der Backofen mit Köstlichkeiten wie Linzer Torte, Windbeutel, Golatschen, Salzburger Nockerln und sogar einer Sachertorte, die ihr bestimmt das Café Sacher abgekauft hätte, weil sie so gut gelungen ist. Der Fritz nimmt bei der Fütterei sogar zu, was ihm gar nicht einmal so schlecht steht, denn er ist sonst eh zu mager und recht faltig. Und gerade, als der Friedrich (und auch die Lore) sich an den Zustand gewöhnen, folgt Schritt zwei und die Lore lässt die Bombe platzen.

„Oh mei, Fritzi", schluchzt sie. „Ich werde mich von dir trennen müssen, auch wenn's mir das Herz bricht. Die Mama, weißt, meine Mama, die kann ich nicht mehr alleinlassen. Die Demenz ist jetzt so schlimm geworden und drum muss ich heim zu ihr nach Kärnten. Es wird hart werden, die Mama zu versorgen. Aber ins Pflegeheim kommt sie nicht, das könnte ich mir auch gar nicht leisten. Aber wenn ich im Haus von der Mama bleibe, mit ihrer Rente, das wird dann schon irgendwie gehen. Wird eh nimmer lange dauern, dann verkaufe ich das Häuserl und dann muss ich mir halt wieder eine neue Arbeit suchen in Wien, damit ich über die Runden komme."

Jetzt geht die Achterbahn für den Friedrich nach unten, denn ohne seine Lore, die Sonne seines Alters, nein, das kann er sich wirklich nicht vorstellen. Nein, nein, die Lore muss er sich schon behalten. Der Fritz, die gute Seele, bietet natürlich an, das Pflegeheim zu bezahlen, aber das lehnt die Lore vehement ab.

„Geh, Fritz, ich kann das doch nicht annehmen, da käme ich mir wie eine Betrügerin vor. Als hätte ich es auf dein Geld abgesehen. Wir sind ja kein Ehepaar, wo jeder für den anderen einsteht. Nein, Fritzi, das ehrt dich, aber das geht wirklich nicht."

Schon am nächsten Tag macht die Lore ernst. Es ist nichts mehr von ihr zu sehen und zu hören. Ans Telefon geht sie auch nicht. Nur eine Nachricht hinterlässt sie auf Friedrichs Anrufbeantworter: „Bin bei der Mama, melde mich bei Gelegenheit."

Beim nächsten Anruf weint sie ein bisschen ins Telefon und dem Friedrich, hungrig nach Speckknödeln, Kaiserschmarren und den weichen Rundungen von Lores Hüften, schneidet es ins Herz, dass er kaum etwas entgegnen kann.

„Lore, wir heiraten", sagte er beim dritten Anruf. „Und deine Mama kannst hier im Haus pflegen. Sie wird ja eh nimmer aus dem Bett kommen, das Haus ist groß genug. Aber komm wieder zu mir zurück, Lore, hörst du?"

Die Hochzeit ist dann nur ein formeller Akt: Standesamt, weit entfernte Bekannte vom Fritz als Trauzeugen, ein Blumenstrauß, ein Essen im Sacher und eine Braut, die aus gutem Grund im Glück schwebt, denn der Fritz mit all seinen Vermögenswerten ist nun rein rechtlich ihr Mann. Und der Friedrich ist ein glücklicher Hochzeiter, der seine Altersbetreuung mit dem flotten, schönen Weiberl gesichert sieht. Win-win – so nennt man das wohl in der Geschäftswelt.

Die Mama, die die Lore nachholen soll, die es aber natürlich gar nicht gibt, „verstirbt" schon eine Woche später und Friedrich muss sich insgeheim eingestehen, dass er froh darüber ist, die verrückte Alte nicht ins Haus holen zu müssen. Lore verreist wieder für ein paar Tage, um die „Trauerfeier zu regeln", wie sie sagt, und schon wenig später beginnt das eheliche Zusammenleben.

Nun kann sich Lore endlich um den Friedrich kümmern, denn nach wie vor denkt sie daran, die Achterbahn vom Friedrich ganz weit nach unten, und ihr eigenes Wagerl ganz weit nach oben sausen zu lassen. Noch ist nicht ganz klar, wie sie das alles auf die Reihe kriegen wird.

Ein schöner Tod soll es schon sein für den Fritz, denn was Grausames hat er nicht verdient. Nein, wirklich nicht. Am besten zu Tode füttern und zu Tode lieben, das wird ihm doch sicher guttun am Ende seines Lebens. Ein bisserl nachhelfen kann ja dabei nicht schaden.

„Ist das eigentlich ein Mord, wenn man den andern so verwöhnt?", fragt sich die Lore, wenn sie in der Küche die Pfannen und Bratreindln füllt.

„Nein! Kann nicht sein. Das tut ihm sicher gut", beruhigt sie sich und gibt noch ein Stückerl Butter mehr ins Kartoffelpüree oder staubt noch extra Zucker über den Kaiserschmarren.

Teil zwei des Manövers folgt dann abends, manchmal auch nachmittags, früh oder mittags. Und zwar immer öfters, denn das Verlangen auf die leidenschaftliche Lore ist beim Friedrich immer und allezeit vorhanden, wenn sie sich auch nur ein wenig an ihn heranmacht. Doch Appetit und lüsterne Gedanken reichen nicht, wenn man so ein Vollblutweib befriedigen muss. Die Tränen in den Augen seiner Lore, wenn es wieder mal nicht klappt, schwemmen jede Vorsicht weg und Friedrich bespricht mit seinem früheren Golfpartner Johann, der Arzt war, sein Problem.

Die Lösung ist klein, hellblau und teuer. Aber sie funktioniert und bringt Lore in seinen Armen zum Jubeln, und zwar täglich, und weil es gar so schön war, sogar mehrmals täglich. Lores Jubilieren gilt aber nicht nur der Standhaftigkeit ihres durch Pillen gepuschten Gatten, sondern der Aussicht, dass das mit Sicherheit den Fritz bald das Leben kosten wird.

Und es kommt, wie es kommen muss.

Sie wissen schon, Achterbahn!

Der Friedrich kommt bald ganz unten an, das Wagerl bleibt auch dort unten hängen, da hilft kein Anschieben mehr. Der Fritz tritt seine letzte Reise an, nicht auf die Bahamas, nein, auf den Zentralfriedhof.

Die Lore heult und weint, echte Tränen, ja wirklich, echte Tränen aus tiefster und aufrichtigster Seele. Denn sie hat es dem Friedrich, nein, dem Fritzi, doch so schön gemacht. Immer sein Lieblingsessen, immer seine Lieblingsbeschäftigung. Und dann so ein plötzliches Ende!

Das Erbe ist klar, die Todesursache auch, und der Rechtsmediziner kann den Friedrich schon verstehen, dass er bei diesem Mordsweib zu den blauen Pillen gegriffen hat, deren Wirkstoff man in seinem Körper in überhöhter Dosis findet.

Im nächsten Frühling, ein bisserl später als geplant, ist die Lore dann endlich auf den Bahamas. Jetzt ist es ganz oben, das Wagerl, auf ihrer ganz persönlichen Achterbahn. Die Oma hat ja doch Recht gehabt mit ihren gescheiten Sprüchen. Wenn man ganz unten ist, geht's auch wieder rauf. Aber wie macht man das, dass man da auch bleibt? Das hat die Oma nicht gesagt, aber die Lore ist sich sicher, das wird sie schon selbst herauskriegen.

Edith Anna Polkehn
Die gebürtige Österreicherin, die seit ihrem 5. Lebensjahr in Bayern lebt, kam erst vor einigen Jahren von der Malerei zum Schreiben. Ihre Liebe gilt Kurzgeschichten und Kriminalromanen. Sie ist Mitglied der „Mörderischen Schwestern e.V.", des größten deutschsprachigen Netzwerks krimischreibender Frauen. Nach zahlreichen Texten in Anthologien sind jetzt zwei Romane in Arbeit. Ihre Geschichte „Die Katze", letztes Jahr von der Fachjury auf den 2. Platz gewählt, ist im Band „Gegenwind" nachzulesen.

NACHWEHEN

NICOLE MAKAREWICZ

Das Kind liegt auf dem Rücken und schnarcht zu laut für seinen kleinen Körper. Dunkelblonde Haarsträhnen kleben auf seiner Stirn. Die Hände zu Fäusten geballt, die dünne Decke vom Körper gestrampelt, die Wangen gerötet vom Nachmittag auf dem Spielplatz.

Sandkiste, Rutsche, Sandkiste, Schaukel.

Schaukeln! Weiter Schaukeln! Nochmal!

Den Sand hast du dem Kind aus den Haaren gewaschen, aus den Schuhen geleert. Im Vorzimmer knirscht es bei manchen deiner Schritte.

Das Kind ist wütend, will nicht nach Hause, nicht essen, nicht duschen, nicht einschlafen. Es kämpft viele Kämpfe, hält durch und dagegen, lässt sich nicht bestechen, nicht bitten, nicht brechen.

Das Kind wirft Dosen aus dem Einkaufswagen, immerhin kein Glas, niemand wird getroffen und es geht nichts zu Bruch außer deinem Stolz, der in Scherben verstreut auf dem Boden liegt. Das Kind brüllt und tobt und irgendwann brüllst auch du. Das Kind brüllt weiter und du spürst die Blicke und das Kopfschütteln und das Mitleid. Du spürst sie wie Hände auf deinem Körper, die dich abtasten, in dich eindringen und deine Organe verknoten wie Clowns Luftballone zu Pudeln zerdehnen.

Das Kind kreischt schrill wie ein Rauchmelder, das Klingeln in deinen Ohren wird lange nachhallen. Geschultert trägst du es nach Hause, mit trommelnden Fäusten auf deinem Rücken und dröhnendem Kopf. Ohne Einkäufe, die hast du im Geschäft gelassen, der Verkäuferin eine Entschuldigung zuflüsternd, das Kind übertönt alles, ein mitfühlendes Nicken, sie kennt das. Du bist hilflos und erschöpft, das Kind reicht dir bis knapp unter die Hüfte und hält dich in Geiselhaft.

Das Kind isst schlecht, sagt seine Großmutter.

Das Kind ist leicht untergewichtig, aber noch im Rahmen, sagt die Kinderärztin.

Das Kind isst gerne. Gemüse, sofern es roh ist. Erdbeeren und manchmal Banane. Es mag kein Brot, es mag keinen Reis, es hasst Kartoffeln. Selten kostet es Nudeln, noch seltener isst es welche. Das Kind verweigert Suppe und fast alles andere Gekochte. Das Kind mag Wurst mit Käse und Käse mit Wurst.

Das wächst sich aus, sagt die Kinderärztin, achten Sie aber auf eine ausgewogene Ernährung.

Du nickst und schluckst das Wie, die Kinderärztin hat viele Patienten und wenig Zeit und das Kind plärrt, weil es das Stethoskop der Kinderärztin nicht haben darf.

Das Kind hat ein Impftrauma, klärt eine wartende Mutter dich auf.

Du ersparst ihr deine Antwort und dir auch.

Das Kind beißt, wenn es wütend ist oder schlecht gelaunt. Einmal ist dir die Hand ausgerutscht, als es seine Zähne in die Innenseite deines Oberschenkels gerammt hat. Ein Reflex, den du dir nicht verzeihen kannst. Das Kind hat die Ohrfeige längst vergessen. Du hast ein schlechtes Gewissen und eine Narbe. Ein Hundebiss, behauptest du, und schämst dich noch ein bisschen mehr.

Beißen ist in diesem Alter nicht unüblich, sagt die Kinderärztin.

Trotzdem wirst du vorgeladen. In der Kindergruppe werden eure Lebensumstände diskutiert, eine therapeutische Intervention angedacht, ein psychologisches Gutachten nahegelegt. Wenn das Kind nicht aufhört zu beißen, wird es beurlaubt, droht die Kindergruppenleiterin, und du verspürst den irrwitzigen Impuls, es dem Kind gleichzutun.

Das Kind seufzt im Schlaf und dein Herz geht über. Die winzigen Hände, die kleinen Füße, das feine Haar. Das Vertrauen in dich. Später wird es vieles besser wissen, dich belächeln und nachsichtig sein, manchmal. Aber noch kannst du alles, weißt du alles. Noch hinterfragt es dich nicht.

Das Kind hat einen starken Willen, es wird sich nicht unterkriegen lassen. Es wird die Welt aus den Angeln heben, sie zu einem besseren Ort machen. Das Kind wird kein Mitläufer, kein Wegseher, kein Stillschweiger, kein Ohrenverschließer.

Das Kind wird Antworten haben auf Fragen, die noch niemand gestellt hat. Wenn das Kind schläft, erscheint dir nichts unvorstellbar.

Das Kind kann die Toilette benützen. Es weiß, wann es muss, meistens jedenfalls. Muss es groß, verlangt es eine Windel, sonst verhält es den Stuhl und bekommt Verstopfungen und Bauchkrämpfe. Windelbehintert versteckt es sich hinter der Couch und schnauft und drückt und ächzt. Du erträgst den Gestank kaum. Selbst bei weit geöffneten Fenstern reckt es dich, dass dir die Augen tränen und Ekel die Zuneigung übertüncht. Verbittert entsorgst du die Windel und reinigst den Kinderhintern.

Es ist eine Phase, sagt die Kinderärztin, das Kind entdeckt seine Körperfunktionen, das ist völlig normal.

Du willst dieses Normal nicht, du willst das andere, das normale Normal. Das Leben erstreckt sich in Phasen vor dir, die vorübergehen werden und einander ablösen, und du sehnst dich zurück in die phasenlose Zeit der Selbstbestimmtheit.

Du liebst das Kind, liebst es mit überwältigender Intensität. Ohne zu zögern, würdest du sterben für das Kind, aber dein Leben willst du ihm nicht geben. Das Kind hat dir deine Identität genommen, dich auf das Verhältnis zu ihm reduziert. Du wirst nur noch als Attribut des Kindes begriffen, wirst nie wieder nur du sein. Das erschreckt dich, vor allem aber macht es dich wütend.

Du bist mehr als Deskindes.

Ich bin ein Individuum, denkst du trotzig, und weißt es doch besser. Du bist dem Rhythmus des Kindes unterworfen, hast die Pflicht, seine Bedürfnisse zu befriedigen, die deinen unterzuordnen. Das Kind ist auf dich angewiesen. Es ist hilflos ohne dich. Es ist von dir abhängig. Es ist Klette und Fessel und Glück und Ambivalenz.

Du würdest es gerne rückgängig machen, die Zeit zurückdrehen und eine andere Entscheidung treffen.

Du kannst dir ein Leben ohne das Kind nicht mehr vorstellen.

Das Kind ist dein Leben.

Das Kind ist das Schwarze Loch, in das du gefallen bist.

Das Kind ist Liebe.

Das Kind ist alles und viel zu oft bist du nichts.

Du bist müde und überfordert und angewidert, manchmal, und doch ist da diese Liebe, die dich vergessen lässt, manchmal, und durchhalten, immer.

Das Kind kreischt und bewirft dich mit Spielzeug und hört nicht auf und hört nicht auf. Du kannst es nicht übertönen und willst es schütteln, zum Schweigen bringen. Es soll aufhören, sonst platzt dir der Kopf.

Du bleibst in seiner Nähe und murmelst Beruhigendes und wirst überschrien. Du kannst dich beherrschen, aber nicht mehr lange und dann? Das Kreischen triggert deine Wut und du hältst dagegen, wie lange noch?

Du willst dich auf den Boden werfen und brüllend ausschlagen. Du willst dich in eine Ecke verkriechen und dir die Ohren zuhalten. Du willst die Wohnung verlassen, gehen und dir dein Leben zurückholen. Du willst, dass es vorbei ist. Du willst, dass es aufhört.

Du denkst dich kindbefreit und schreckst vor der Vorstellung zurück, die du nicht in Einklang bringst mit deiner Liebe zum Kind. Du willst das Kind nicht nicht. Und doch. Du fantasierst dir die Zeit, in der das Kind erwachsen ist, auszieht. Aber dann ist da dieser Schmerz, diese Sehnsucht nach dem Kind, das im Jetzt in seinem Bett liegt und zu laut schnarcht für seinen kleinen Körper. Loszulassen wird dir nicht leichter fallen als festzuhalten.

Das Kind fiebert. Ein Zahn bricht durch. Du kannst ihm die Schmerzen nicht nehmen, also bietest du Mit-Leid. Das Kind wälzt sich neben dir im Bett, wimmert im Schlaf, keilt aus mit Armen und Beinen. Mit blauen Flecken und dunklen Ringen unter den Augen bezahlst du für dein Dasein. Du gibst dich und deine Liebe und es ist alles wie immer, anstrengend und entsetzlich erschöpfend und wunderbar erfüllend, gebraucht zu werden und geliebt.

Du hast nicht gewusst, was es bedeutet, ein Kind zu haben. Du hattest eine Ahnung, diffus und verschwommen, eine ungefähre Vorstellung, naiv im Rückblick, beinahe schon dumm. Du hast nur mit halbem Ohr zugehört, wenn dir vom Elternsein erzählt worden ist, exotische Abenteuerberichte, die nichts mit deiner Realität zu tun hatten, dich nicht betrafen. Und dann warst du betroffen und unvorbereitet. Überwältigt von der Verantwortung, vom Für-Immer, das sich in dein Leben geschlichen hat. Alles ist anders, nur du bist du selbst geblieben, und versuchst, Schritt zu halten mit den Veränderungen.

Du wirst nie mehr kein Kind haben. Dir nie mehr keine Sorgen um sein Wohlergehen machen. Das Kind bleibt dein Kind, auch wenn es erwachsen ist, und Entscheidungen treffen wird, für die du jetzt den Grundstein legst. Es wird auf dem aufbauen, auf dem du aufgebaut hast, das für dich aufgebaut worden ist von vergessenen Generationen. Vielleicht kannst du das Fundament ausbessern, Brüchiges ersetzen, Verrottetes entsorgen, aber mehr kannst du nicht.

Das Gewesene wirft einen Schatten, der bleibt.

Die Abendsonne zeichnet Streifen auf das Gesicht des Kindes, das auf dem Rücken im Bett liegt, aufgefächert wie ein gestrandeter Seestern. Du ziehst den Vorhang zu und es wird dunkel.

Nicole Makarewicz
Die Wiener Journalistin und Autorin studierte Kommunikationswissenschaft, Soziologie und Psychologie und widmet sich seitdem dem Schreiben. 2009 erschien ihr Roman „Tropfenweise", 2010 ihr Erzählband „Jede Nacht" (beide Seifert Verlag). Nach zahlreichen Veröffentlichungen in Literaturzeitschriften und Anthologien folgte 2018 ihr Thriller „Dein Fleisch und Blut" (Holzbaum Verlag). Sie gewann den Forum Land Literaturpreis 2009, den 12. Münchner Kurzgeschichten-Wettbewerb und den Fachjury-Preis des Mölltaler Geschichten Festivals.

NAHE DER STADT

MANUEL HÖRBIGER

Das Schmirgelpapier hinterlässt eine feine Holzstaubschicht auf seinen Armen und Händen. Der Raum, welcher für viele ein brauchbares Kinderzimmer darstellen würde, dient ihm als Werkstatt für allerlei Neben- und Hauptsächliches. Alles griffbereit. Alles geordnet. Das nicht funktionierende Rollo und die damit verbundene getrübte Sicht stören ihn nicht. Das sauber geschliffene und an den Rändern abgerundete Stück Holz legt er für Samstag gleichsam einer Reliquie in den dafür vorgesehenen Aufbewahrungsort.

Sein Tag beginnt jeweils um 7:20 Uhr. Allein. Der Blick auf den mattgelben Plafond im sonst so sterilen Schlafzimmer dient zur Vergegenwärtigung. Nämlich des Tagewerks. Punkt für Punkt wird in seinen speziellen Gehirnwindungen das noch zu Absolvierende durchgearbeitet. Nach derartiger Denkleistung widmet er sich der Körperpflege, die inklusive des Eincremens seiner Dehnungsstreifen mittels Nivea-Creme gut eine Stunde dauert, in welcher im Hintergrund seine Lieblingskassette „Ein paar schöne Stunden" läuft. Ein maßgeschneidert sprechender Name. Für ihn von Christian Klusáček und nicht Chris Roberts. Folgend auf diese für ihn wichtige Zeit widmet er sich der Lektüre der Tageszeitung samt Kaffee. Seit jeher, um genau zu sein seit 17 Jahren, als einige Tage später seine Frau erwürgt in dem nahegelegenen Park, in welchem sie immer gemeinsam mit Hund „Bingo" – das Spiel, welches sie liebte, er jedoch hasste – Gassi gingen, aufgefunden wurde, gehört diese seine Tageszeitung zu ihm und seinem Tagesablauf. Wird aus welchen Gründen auch immer jene nicht zugestellt, ist nicht nur der Tag, sondern auch er unbrauchbar.

Nach dem „Studium" – wie er es nennt – beginnt die Arbeit im Haushalt. Er möchte nicht nur selbst ordentlich erscheinen, sondern auch auf sein kleines

Reich soll dieses Adjektiv zutreffen. Ordentlich meint in diesem Fall dreierlei: Exaktheit, Penibilität, Selbstaufopferung. Würden die auf Knien vollzogenen Wisch- und Schrubbaktionen sowie mit Spezialwerkzeug dargebotenen Desinfektionsmaßnahmen von Außenstehenden betrachtet, wäre ein mittelalterlicher Vergleich durchaus angebracht. Der Fraunhofer Reinraum könnte sich eine Scheibe abschneiden. Er mag es aufgeräumt.

Das Mittagessen um Punkt 11:45 Uhr nimmt er täglich in seinem einzigen, jedoch immer sauberen Anzug ein, welchen seine verstorbene Gattin bei Vögele gekauft, er jedoch wegen der scheußlichen Farbe umgetauscht hat. Er bevorzugt Würste aller Art, die er mit seinem aus Einzelteilen bestehenden Küchensortiment unkompliziert erwärmen, braten und sieden kann. Generell setzt sich sein Haushalt aus Teilen für Einzelne zusammen. Übersichtlich. Aufgeräumt.

Der Nachmittag unterscheidet sich vom Vormittag. Jeder Wochentag ist diesbezüglich einer anderen Beschäftigung gewidmet. Exakt bis 17:30 Uhr. Dann folgt Abendmahl, wiederum umfangreiche Körperreinigung und abschließend Nachtruhe. Die Palette der einzelnen Nachmittagsaktivitäten reicht von Sport über Beobachtungstouren bis hin zum Aufspüren von Schnäppchen und Aktionen aller Art. Beim Sport muss hierbei erwähnt werden, dass dieser oft in den Beobachtungstouren mündet und aus ein wenig schnellerem Spazieren besteht – jedoch niemals im Hund-Gassi-gehen-und-Frau-erwürgt-Park. Beobachtungen sind ihm wichtig, um diese anschließend gedanklich zu sortieren und aufzuräumen. Besonders Elfriede war das Mittel- und Prunkstück seiner Beobachtungen. Tage und Nächte verbrachten sie gemeinsam und doch getrennt – unerreichbar. Selbst zur Zeit seiner geprägten Ehejahre hielt er beim Hund-Ausführen, welchen er dann an Bäume geleint sich selbst überließ, nach Elfriede Ausschau. Für ihn glich und gleicht sie einer sakralen Gestalt, die es für die Ewigkeit zu verehren und erhalten gilt. Besonders in Erinnerung ist ihm die Sorgfalt geblieben, mit welcher Elfriede die Mülltonnen millimetergenau positionierte. Aufgeräumt wie er.

Das Highlight der sieben Nachmittage stellt jedoch der Samstag dar. So auch dieser. Kurz nach dem Mittagessen – Berner Würstel – sowie dem anschließenden Abwasch macht er sich herausgeputzt mit einer Leinentasche in der Hand auf den Weg. Seine Nachbarn im Gemeindebau kennt er nicht. Er liebt die Anonymität hier. Lediglich das kurze Zunicken mit Frau Osobsky aus der gegenüberliegenden Wohnung lässt er zu. Der Weg führt ihn weiter bis zur Haltestelle. Mit der 8er-Bahn geht es stadtauswärts. Er mag diese Strecke, da sie wenig frequentiert ist und genug Zeit für Beobachtungen hergibt. Als es am ehemaligen Tatortpark vorbeigeht, verkrampft sein Magen. Wie sehr hasste er doch seine Frau samt Hund. Wie sehr hasst er sein eigenes Ich dafür, sich bei den Journalisten seiner Tageszeitung damals fast verraten zu haben. Wie sehr wird er Elfriede immer lieben.

Nach 23 Minuten Fahrt erreicht die Bahn den Endpunkt nahe der Stadt. Die Schrebergartensiedlung. Eine Oase der Ruhe. Übersichtlich. Sauber. Im Gegensatz zur Stadtwohnung kennt er hier die unmittelbar angrenzenden Nachbarparteien. Hier gescheitert, da interessiert. Hier dem Alkohol verfallen, da aus der ehemaligen DDR stammend. Es wird gegrüßt. Vertiefende Gespräche gibt es nicht. Die einstige Bitte des DDR-Nachbarn, Abhörübungen mit und bei ihm durchführen zu dürfen, schlug er mit einem knappen „Nie im Leben!" aus. Das in der Wohnungswerksatt angefertigte Holzstück passt exakt in die reparaturbedürftige Stelle des Gartenstuhls. Rasen und Hecken sind gleichmäßig geschnitten. Er ist zufrieden.

Unter die Nase streicht er sich ein wenig der in der Leinentasche mitgebrachten Menthol-Salbe. Zügig betritt er seine Gartenhütte und sperrt diese von innen ab. Der bestialische Geruch ist trotz der Salbe immer noch wahrnehmbar. Chaos und Unordnung beherrschen den Raum. Herumliegende Gegenstände, Dreck, abgestandene Luft. Schuhsohlen, welche für Sekundenbruchteile kleben bleiben. Der Anblick von Elfriede bereitet ihm alles. Nur keinen Schmerz. Er küsst ihre aufgeplatzten Lippen und streicht über die fleckige Haut. Über Stunden hinweg sitzt er ihr gegenüber. Beobachtet sie. Spricht mit ihr. Erzählt von Erfolgen der vergangenen Woche. Gesteht sich und ihr alles zu. Alles ein. Eine Achterbahn der Gefühle. Das mitgebrachte Geschenk landet bei den anderen. Voller Aufrichtigkeit verspricht er wiederzukommen. Bevor er ihr den Rücken zukehrt, streift sein Blick über die noch befestigte Hundeleine um Elfriedes Hals.

Beim Verlassen seines Gartenhauses grüßt er kurz die Nachbarin, die mit einer halbvollen Veltliner-Flasche in der Hand dahindöst. Der andere Nachbar mit übergezogenen Bakelit-Kopfhörern hält seinem Blick nicht stand. Er schließt das Zauntor hinter sich. Mit einem Lächeln auf den Lippen tritt er die Heimreise an und sortiert seine Gedanken für morgen.

Manuel Hörbiger
Der HTL-Pädagoge aus Mittersill sagt, er mag keine Hektik, Ungerechtigkeit und unhaltbare Argumente. Aber er mag Lesen, Reisen, Tiere und das Schreiben – v. a. von Sprechgesangstexten. Die harmonische, tiefgehende Kombination von Musik und Text findet er interessant und unabdingbar. Nicht jedem Trend zu folgen, erscheint ihm besonders bei seiner Schreibtätigkeit wichtig. Texte dürfen in seinen Augen wachrütteln, den gesellschaftlichen Spiegel vorhalten und auch auf Abgründe hinter Scheinfassenden stoßen.

DER WÄCHTER

BENEDICT FRIEDERICH

Als der sechzehnjährige Rico seinen Kopf betrat, war er ziemlich erstaunt, dass es dort so ordentlich aussah.

Er befand sich in einem Raum, der ganz eindeutig ein Wartezimmer war. Die Wände waren cremefarben und mit geschmackvollen Bildern von schneebedeckten Bergen und Bäumen geschmückt. Fenster gab es keine, aber das Licht war angenehm, nicht zu grell und nicht zu dunkel. In der Mitte des Raums stand ein niedriger Tisch aus hellem, poliertem Holz, sorgfältig bedeckt mit Zeitschriften und kleinen Büchern. Rundherum waren einige weiße Stoffsessel aufgestellt; außerdem gab es ein ebenso weißes Sofa und eine Art Sekretär in der Ecke, auf dem eine glitzernde Karaffe stand, bis zum Rand gefüllt mit Wasser. Gläser konnte Rico keine erkennen, aber vielleicht waren die in den Schubladen versteckt, die das Möbelstück hatte. Kurz: Es war ein Raum, in dem man sich durchaus wohlfühlen konnte. Dennoch war Rico nervös.

Er setzte sich vorsichtig auf einen der Sessel und versuchte, gleichzeitig beide Türen – ebenfalls weiß – im Blick zu behalten. Eine führte aus seinem Kopf heraus, beziehungsweise in ihn hinein, denn durch diese war er gerade gekommen. Wo die andere hinführte, konnte er nicht genau sagen, aber er vermutete, dass es dort zu seinen Gedanken ging. Und dieser Ort war mit Sicherheit nicht so angenehm ruhig wie das Wartezimmer.

Während er still vor sich hinsah, kam ihm in den Sinn, dass es sich außerordentlich seltsam anfühlte, sich in seinem eigenen Kopf zu befinden. Denn schließlich dachte er ja gerade über seine Situation nach, das hieß, dass er in seinem Kopf war und gleichzeitig mit seinem Kopf nachdachte. Er konnte sich an die Stirn greifen, und hinter dieser Stirn musste doch eigentlich er selbst in eben diesem Wartezimmer hocken, oder? Das war ja eine endlose Spirale! Wie ein Spiegel in einem Spiegel, ein immer kleiner werdender Rico …

Die Tür, hinter der er seine Gedanken vermutete, vibrierte kurz und er zuckte zusammen. Wo blieb dieser Typ nur? Rico konnte doch nicht den ganzen Tag in seinem Kopf verbringen. Allzu gesund stellte er sich das zumindest nicht vor.

Als es endlich klopfte, sprang er auf. Es kam von der anderen Tür, von draußen. Ricos Finger zitterten leicht, als er die Hand auf die silberne Klinke legte und sie vorsichtig nach unten drückte. Sofort stieg ihm der angenehme Duft eines Männerparfüms in die Nase.

„Guten Tag."

Der Mann – Rico erkannte ihn sofort, obwohl er ihn noch nie gesehen hatte – lächelte strahlend und schüttelte ihm schwungvoll die Hand. Rico begrüßte ihn und führte den Besucher mit einer einladenden Geste tiefer in seinen Kopf. So ganz wohl fühlte er sich dabei zwar nicht, aber er wusste, dass es richtig war.

„Es ist sehr nett, dass Sie hier sind", begann er das Gespräch, während der Mann sich setzte und er selbst mehrere Schubladen des Sekretärs öffnete, bis er die Gläser fand und zwei davon mit Wasser füllte. „Ich bin nämlich am Ende meiner Kräfte. Ich brauche dringend Hilfe."

„Ist doch selbstverständlich", antwortete der Mann, der einen dunklen Anzug trug, unter dem sich seine Muskeln abzeichneten. Sein Gesicht trug markante Züge, besonders auffällig war die blasse Narbe, die sich vom linken Ohr bis zum Kinn zog. Die hellblauen Augen waren gefährlich wach und huschten in einer atemberaubenden Geschwindigkeit immer wieder quer durch den Raum. Dennoch wirkte der Mann sympathisch und entspannt, auch wenn Rico sich sicher war, dass die gemütliche Sitzhaltung über eine ständige Habt-Acht-Stellung hinwegtäuschte.

„Du kennst meinen Namen wahrscheinlich schon?", fragte der Mann, als Rico sich in den Sessel neben ihn setzte und die Wassergläser auf den Tisch stellte. Seine Stimme war leiser, als er sie sich vorgestellt hatte.

„Ja, Herr Jones, richtig?"

„Gerne einfach Trevor. Ich finde, wenn ich schon das Vertrauen entgegengebracht bekomme, deinen Kopf zu betreten, sollten wir uns duzen, meinst du nicht?"

Rico musste lachen, was er schon mal ziemlich gut fand. „Du hast Recht. Trevor. Weißt du, wobei genau ich Hilfe brauche?"

Trevor nickte ernst. „Du hast ungebetene Besucher, die in deine Gedanken eindringen."

„Exakt. Genau genommen sind sie selbst Gedanken, lauter fieses Zeug, das ich überhaupt nicht denken will und das mir wehtut. Ich habe das Gefühl, dass sie sich in meinem Kopf festsetzen und alles vergiften. Und ich kriege sie selbst nicht raus, sie sind wie Parasiten."

„Kein Wunder, wenn sie hier einfach so reinspazieren können." Trevor erhob sich und ging langsam durch den Raum, inspizierte sorgfältig jedes Bild und jede Ecke, bis er vor der Tür stand, die weiter in Ricos Kopf hineinführte.

„Geht's hier zu den Gedanken?"

„Ich weiß es ehrlich gesagt nicht genau", erwiderte Rico wahrheitsgemäß und wischte sich unauffällig seine schweißnassen Handflächen an der Hose ab. „Aber ich nehme es an."

Trevor nickte wieder und warf Rico dann über die Schulter einen Blick zu. „Wollen wir nicht einfach schnell nachsehen?"

Ricos Herz begann zu klopfen, aber er wollte vor diesem Mann nicht wie ein Feigling wirken, deshalb nickte er nur und stand auf. Trevor öffnete ohne zu zögern die Tür und sah den Jungen dann vorwurfsvoll an, noch bevor er den ersten Schritt ins Innere tat. „Nicht abgeschlossen. Wie gesagt – kein Wunder."

Rico spürte, dass er rot wurde. Er hatte keine Ahnung gehabt, dass man die Tür zu seinen Gedanken abschließen konnte, woher auch? Er war ja noch nie hier gewesen. Und wo befand sich denn überhaupt der Schlüssel zu so einer Tür?

„Ah", machte Trevor, als er seinen Kopf durch die Öffnung steckte. „Das sieht allerdings ziemlich wild aus."

„Was ist denn da drin?", fragte Rico und musste sich beherrschen, sich nicht vor lauter Neugier an dem Mann vorbeizudrücken. Aber das musste er gar nicht, denn Trevor tat bereits einen Schritt zur Seite, um ihm Platz zu machen. Und als der Junge sah, was sich im Inneren seines Kopfes befand, quollen ihm fast die Augen aus demselben.

„Das ist ja eine Achterbahn!", rief er aus und schämte sich im gleichen Moment dafür, da er fand, dass er wie ein kleines Kind klang. Aber es war auch wirklich ein verrückter Anblick. Dort vorne erhob sich vor einem schwarzen Nachthimmel die gigantischste Achterbahn, die sich ein Mensch nur vorstellen konnte. Sie glitzerte und blinkte in einer Weise, die das gesamte Disneyland wie eine Pappschachtel aussehen ließ. Die Wagen, die durch die unendlichen Loopings, Verdrehungen und über atemberaubende Steilstrecken rasten, waren verschwommen und die Personen oder Figuren, die in ihnen saßen, nur schemenhaft zu erahnen.

Rico spürte eine Hand im Rücken und trat einige Schritte nach vorne, damit Trevor die Tür hinter ihnen schließen konnte.

„Die Fahrgäste sind die Gedanken", rief dieser nach einigen Sekunden und wies mit dem Finger auf die umhersausenden Wagen. Er musste beinahe brüllen, da der Geräuschpegel, jetzt, wo sie etwas näher an das Geschehen herangetreten waren, unglaublich angeschwollen war. Schienen quietschten, Musik plärrte aus Lautsprechern und immer wieder war ein lautes Bimmeln zu hören. Es war ein faszinierendes Chaos, das gleichzeitig wunderschön und absolut beängstigend war. Allein der Gedanke, in diese Achterbahn einzusteigen, trieb Rico den Schweiß auf die Stirn.

„Und wenn deine fiesen Besucher kommen", erklärte Trevor weiter, „dann setzen sie sich mit auf die Wagen und vertreiben die guten Gedanken. Siehst du diese ganzen dunklen Stellen auf der Bahn?"

Durch die blinkenden Lichter waren sie ihm noch gar nicht aufgefallen, aber jetzt, wo Trevor es ansprach, wusste Rico genau, was er meinte. Die glänzenden Farben, in denen die Achterbahn gehalten war, schienen sich an einigen Stellen verdunkelt zu haben; beinahe wie Karies an einem schlecht geputzten Zahn.

„Das sieht jetzt von außen noch gar nicht so schlimm aus", rief Trevor und schirmte seine Augen gegen die blinkenden Lichter ab. „Aber tatsächlich ist es schon ziemlich weit fortgeschritten. Je mehr von den bösen Gedanken sich hier einnisten, desto ungesünder wirst du werden. Es ist jetzt schon ziemlich chaotisch, in einem geordneten Kopf ist das alles deutlich fröhlicher."

Rico schluckte. Er hatte keine Ahnung, woher Trevor all das wusste, aber es klang genauso plausibel wie unangenehm.

„Kannst du die denn da rausholen? Die schlechten Gedanken?", fragte er, und sein Herz setzte kurz aus, als Trevor bedauernd den Kopf schüttelte. „Keine Chance. Du siehst ja, das Ding hier hält niemals an. Aber was ich tun kann, und deshalb hast du mich ja auch gerufen, ist, die Eindringlinge aufzuhalten, bevor sie überhaupt hier zu deiner Gedankenachterbahn kommen. Und die, die schon da sind, werden irgendwann von allein wieder von den guten Gedanken vertrieben. Denn die entstehen in deinem Kopf von selbst, sie sind sozusagen natürlich. Ausgelöst durch primäre Emotionen, also gesunde Reaktionen auf Dinge, die dir draußen in der Welt passieren. Die sind natürlich auch nicht alle nur positiv, aber normalerweise balancieren sie sich gut aus, sodass hier drin ein Gleichgewicht entsteht. Das, was von außen kommt, stört dieses Gleichgewicht. Das sind Fremdkörper, die gehören nicht zu dir, sie tun nur so. Sie täuschen dich und vergiften deinen Kopf." Er machte eine kurze Pause und warf Rico einen prüfenden Blick zu.

„Kannst du ein bisschen nachvollziehen, was ich dir da erzähle?"

Rico nickte langsam. „Ich glaube, ja."

Trevor lächelte. „Gut, das ist sehr gut. Wollen wir wieder zurück?" Der Junge nickte abermals und öffnete die Tür.

Als sich die beiden wieder im Wartezimmer befanden, rückte sich Trevor ganz selbstverständlich einen der Sessel vor die Tür, die zu Ricos Gedanken führte, und setzte sich. Er zwinkerte dem Jungen zu. „Du kannst wieder nach draußen gehen, Rico. Ich verspreche dir, ab heute gibt es keine Eindringlinge mehr, verlass dich auf mich."

Der Junge wusste nicht so recht, was er sagen sollte und trat nervös von einem Fuß auf den anderen. „Aber … aber wird das denn nicht langweilig mit der Zeit? Hier zu hocken und irgendwelche Gedanken aufzuhalten?"

Trevor lachte herzlich und schüttelte dann bestimmt den Kopf. „Aber Rico, du hast mich doch extra für diese Aufgabe erschaffen. Wie sollte mir denn da langweilig werden?"

Rico verstand nicht ganz, was er damit meinte, aber dann nickte er nur wieder und verabschiedete sich höflich, nicht, ohne sich noch mehrmals zu bedanken.

„Man sieht sich, Kumpel!", rief ihm Trevor nach, als Rico seinen Kopf verließ und die Augen öffnete. Er brauchte kurz, um sich wieder in der Außenwelt zurechtzufinden; dann sah er das Buch vor sich, das er vor einiger Zeit gelesen hatte und dessen Hauptcharakter ihm so imponiert hatte, dass er heute beschlossen hatte, ihn nun als Wächter zu engagieren. Es war ein Agentenroman, und es beruhigte Rico ungemein, dass Trevor Jones jetzt auf seine Gedanken aufpasste.

Und vielleicht war es nur Einbildung, aber irgendwie ging es ihm gerade richtig, richtig gut.

Benedict Friederich
Schon in der Schule vom Theater und von der Literatur begeistert, studiert der Würzburger jetzt Schauspiel an der Akademie für Darstellende Kunst Bayern in Regensburg. Mehrere seiner Kurzgeschichten wurden in Anthologien veröffentlicht und kürzlich erschien das Buch „Die Gäste", das er gemeinsam mit Oliver Jung-Kostick herausbrachte. Außerdem wurde er für den Ralf-Bender-Preis 2019 nominiert.

UNTER DER ACHTERBAHN

MONIKA LOERCHNER

Diese Saison ist er der Einsammler. Er hat sich dieses Recht hart erkämpft. Seit zehn Jahren schon ist er mit dabei. Pünktlich von Ostern bis Halloween, da wollten ihm die Kollegen etwas Besonderes schenken. Die Schokolade hat er schon weggemampft. Aber das hier, das wird er den ganzen Sommer lang haben.

Sie trauen ihm ja nicht zu, dass er ein Fahrgeschäft bedient. Erst recht nicht die Achterbahn. Dabei wüsste er auch gar nicht, ob er das überhaupt machen wollte. Hier sind immer die hübschesten Mädchen. Aber sie kreischen auch ganz laut, wenn es dann über Kopf geht und das mag er nicht so sehr. Nein, ist schon okay, dass das Martin und Yüksel und Ben und Jacob wieder machen. Aber er darf der Einsammler sein!

Er ist glücklich.

Manche Leute nehmen ja ihre Brillen ab. Andere behalten die Brille auf und seltsamerweise fallen die nie runter. Handys auch nicht. Wahrscheinlich passen alle gut auf ihre Handys auf, so wie er, denn Handys sind teuer.

Schlüssel fallen auch nie runter, aber da hat er seine eigene Theorie: Schlüssel sind nämlich sperrig! Und jeder, der mal mit einem Schlüsselbund in der Hosentasche wo drauf gesessen hat, weiß, dass sich dann immer mindestens einer durch den Stoff ins Bein reinbohrt. Also klar, wie soll er da rausfallen können? Aber Geld fällt raus und das ist gut so, sonst hätte er ja nichts zum Einsammeln!

Das Stück unter der Achterbahn ist komplett eingezäunt, da kommt man nur mit einem Schlüssel durch das Tor hinten rein. Die Fläche unter der Achterbahn ist sicherlich so groß wie ein Fußballfeld. Büsche wachsen da und in der Mitte sogar einunddreißig Tannen. Das ist wie ein eigener kleiner Wald und jetzt gehört er ihm. Morgens kommen immer die Jungs zum Unkrautjäten und Müllaufsammeln. Manchmal ist er auch dabei. Aber das ist ein anderer Job. Abends wird nur eingesammelt.

Alles, was er findet, ist seins. Nur Geld nicht, da macht er mit Martin und Yüksel halbe-halbe.

Aber da liegt noch mehr! Stofftiere, die die Leute an den Buden gewonnen haben. Souvenirs, die Herr Frohmann zum achtfachen Preis verkauft. Viele Haarsachen, die schenkt er immer den Mädels von der Popcornbude. Kondome schenkt er Yüksel, dann lacht sich Martin immer scheckig.

Stifte. Ohrringe, aber noch nie zwei gleiche. Keiner darf mit Flipflops in die Achterbahn, trotzdem hat er auch schon mal einen zwischen den Büschen gefunden.

Er hat schon viel gefunden, seit er der Einsammler ist. Aber noch nie ein Baby.

Das kleine Baby schläft, es hat die Augen fest geschlossen. Obwohl es immer noch so heiß ist, hat es eine Mütze auf. Das kommt ihm nicht richtig vor und er beugt sich vor und nimmt sie ab. Das Baby schläft weiter. Das Mündchen macht kleine Bewegungen, als würde es nuckeln.

„Wie bist du hier hingekommen?", fragt er. Der Zaun um ihn herum ist viel höher als er, mindestens drei Meter. Das Tor war fest verschlossen. Das weiß er, weil er es eben erst aufgeschlossen hat. Und es wird ja wohl kaum aus der Achterbahn gefallen sein.

„Jedes Baby hat eine Mami!", sagt er und schaut sich um.

Oben auf den Wegen sieht er Kollegen. Sie räumen auf und machen den letzten Kontrollgang durch den Park. Damit keiner aus Versehen eingeschlossen wird. Manche wollen das sogar, damit sie am nächsten Tag keinen Eintritt mehr zahlen müssen. Deswegen wird alles genau überprüft.

Yüksel winkt ihm zu. Wenn er Dienst hat, dreht er die Musik immer als letztes aus, dann ist es mit einem Schlag ruhig. Martin macht immer erst die Musik und dann die Lichter aus.

Yüksel geht und es ist still. Sonst ist hier ist niemand. Aber jemand muss das Baby hier abgelegt haben. Oder zumindest irgendwo hier in der Nähe.

„Kannst du schon krabbeln?", fragt er, aber das Baby antwortet natürlich nicht.

Einmal hatte er die Mädels von der Popcornbude dabei erwischt, wie sie ein paar Münzen in den umzäunten Bereich warfen. Sie waren rot geworden und hatten gesagt, sie hätten ihm etwas schenken wollen, weil er so ein lieber Kerl sei. Er war weggerannt, aber später war er wiedergekommen und hatte alles Geld für sich behalten, ausnahmsweise. Weil es ja für ihn gewesen war und nicht für ihn und Yüksel und Martin und woher sollte er denn jetzt wissen, welches Geld welches war?

Er hatte für sich und Yüksel und Martin Eis davon gekauft.

Hatte eine Frau vom Park ein Baby bekommen und wollte es ihm schenken?

Nein, das hätte er doch mitbekommen! Wenn eine ein Baby bekam, wussten es alle und dann wurde immer einen ganzen Abend lang gefeiert.

Aber warum sollte eine andere Frau ihr Baby hier hinlegen?

Er rollt den Gedanken hin und her. Es ist, als wäre die Achterbahn jetzt in seinem Kopf. Die Räder rollen und dann fährt sie los. Nur, dass sie mittendrin stehen bleibt, als gerade alles auf dem Kopf steht.

Das ist einmal passiert. Nur, dass die Achterbahn stehengeblieben ist, als die Wagons gerade waren. Dafür aber ganz oben. Die Mädchen hatten ganz laut gekreischt und ein paar Jungs auch. Dann musste Martin die Feuerwehr rufen und Freddy ist rauf. Der hat dann alle beruhigt, bis die Feuerwehr kam und die Leute runtergeholt hat. Dafür gibt es hier extra ein Leiterfahrzeug, die mussten also nicht mal ein eigenes mitbringen.

Das Baby streckt seine Ärmchen und Beinchen aus und zieht sie dann wieder an sich heran. Gemütlich sieht das aus, und es ist ja auch noch schön warm.

Ratlos setzt er sich hin. Das Gras zwischen den Büschen ist weich wie die Mütze in seiner Hand. Die kleine Flasche Bier, die er immer beim Einsammeln dabeihat, droht aus der Tasche seines Overalls zu rutschen. Einsammeln, wieder abschließen und dann stellt er sich immer dahin, wo er über den halben Park gucken kann und trinkt sein Feierabendbier. Darauf freut er sich jeden Tag. Ein Bier hier, und dann später noch eins bei sich zu Hause. Aber das hier ist schöner, hier kommt er sich nicht so einsam vor.

Jetzt würde er das Bier gern sofort trinken, aber das kommt ihm in Anwesenheit des Babys nicht richtig vor. Vorsichtig zieht er die Flasche hervor und stellt sie neben sich auf den Boden. Dann beugt er sich vor und stellte sie noch ein Stück weiter weg.

„Das ist noch nichts für kleine Kinder!", erklärt er dem Baby.

Er weiß einfach nicht, was er tun soll. Babys lässt man nicht allein, und was, wenn seine Mama nicht wieder auftaucht? Soll er es mit nach Hause nehmen? Und dann morgen, wenn seine Schicht beginnt, wieder hier hinlegen? Die Lichter und der Lärm scheinen das Baby ja nicht zu stören und es kann ja nicht weg, und eigentlich kann niemand hinein. Wer immer es hier abgelegt hat, muss einen Schlüssel haben. Oder er hat das Baby vom Rand aus über den Zaun geworfen, aber das ist ja nun wirklich nichts, was man mit kleinen Babys macht, nein, da muss einer einen Schlüssel haben.

Plötzlich ist sie da. Er hat sie noch nie zuvor gesehen. Sie sieht bleich aus, obwohl ihre Haut viel dunkler ist als seine. Sie lässt ihre Tasche fallen und starrt abwechselnd ihn und das Baby an.

Er zeigt neben sich: „Ist das dein Baby?"

Sie schluchzt auf, stolpert vorwärts, lässt sich auf die Knie fallen, was sicher weh tut, hebt das Baby hoch und drückt es eng an sich.

„Ich habe ihm die Mütze abgenommen", sagt er, weil er nicht weiß, was er sonst sagen soll. „Es ist ja so warm heute."

Sie drückt die Lippen auf das kleine Gesichtchen und lächelt ihn dann vorsichtig an.

„Hier!" Ein bisschen ist er traurig, die Mütze aus der Hand zu geben. Sie ist so schön flauschig und fühlt sich nach etwas an, das er nicht benennen kann.

Sie nimmt sie. Ihre Hand ist viel kleiner als seine.

„Arbeitest du hier?"

Sie schüttelt den Kopf und nickt. Das verwirrt ihn.

„Arbeitest du hier?"

„Nich Abeit", sagte sie leise. „Wonnen."

„Du lebst hier?"

„Hier wonnen", sagte sie und zuckt mit den Schultern. „Farstecken. Schlussel funden. Dann anders farstecken."

Er holt tief Luft.

„Soll ich euch nach Hause bringen? Ich meine, es ist ja schon fast dunkel und so. Möchtest du nach Hause?"

Sie reißt die Augen weit auf.

„Nich Hause! Weg!"

„Hast du keine Familie?"

Sie schüttelt den Kopf. Tränen rollen ihr über die Wangen.

„Nich Familie, nich Bebby, nich sagen!"

„Ach so."

Das Baby öffnete die Augen und ruderte mit den Ärmchen. Das Mädchen dreht sich um und sitzt nun mit dem Rücken zu ihm. Offenbar hat sie ein Fläschchen dabei, denn er hört, wie das Baby saugt.

Dann steht sie auf.

„Du Bebby?"

Ehe er weiß, wie ihm geschieht, hat sie das kleine Bündel an ihn gepresst. Mühsam schlingt er seine Hände um den winzigen Körper, irgendwie, und ihm bricht der Schweiß aus beim Gedanken daran, dass er das Baby fallen lassen könnte. Es war schon schlau, das Kind auf den Boden zu legen; denn was schon liegt, kann nicht mehr fallen!

Sie nimmt seine Hand und führt sie unter das Köpfchen.

Es fühlt sich an, als hätte er eine flauschige Wolke auf dem Arm, ganz ohne Gewicht irgendwie, und doch so schwer wie die Welt.

Das Mädchen hockt sich vor ihre Tasche und beginnt, den Inhalt auszupacken. Pappteller aus der Pommesbude. Aber alles ist durcheinander und zermatscht und viel ist auf den Papptellern auch nicht mehr drauf. Das Mädchen scheint sich daran nicht zu stören.

Er hält das Baby und schaut ihr beim Essen zu.

Das Baby auf seinem Arm rülpst und ein kleiner Schwall Milch kommt raus. Fast lässt er es vor Schreck fallen, aber nur fast, also zählt es nicht.

Sie sagt etwas, das er nicht versteht, kramt ein paar Servietten aus der Tüte und wischt den Fleck von seinem Overall.

„Danke."

Sie deutet auf sein Namensschild.

„Du abeitet hier?"

Er nickt.

„Ja. Und wohnen tu ich hinten in einem der alten Gästehäuser. Ich habe eins ganz für mich allein! Seit fünf Jahren, und arbeiten tue ich hier schon seit zehn Jahren, deswegen darf ich alles unter der Achterbahn einsammeln."

„Was ist ‚ein-ßammell'?"

„Na ja", er reckt die Brust, „ich darf hier jeden Abend alles einsammeln, was die Leute verloren haben. Den Müll natürlich nicht. Nur das, was schön ist. Das darf ich einsammeln und mitnehmen."

Sie runzelt die Stirn.

„Du mich ein-ßammell? Und Bebby?"

Er kratzt sich am Kopf.

„Äh ... ja schon, schätze ich."

Sie lächelt.

Monika Loerchner
Nach einem Studium der Vergleichenden Religionswissen-
schaft lebt die Autorin mit ihrer Familie im Sauerland. In ihren
Büchern und Kurzgeschichten erschafft sie neue, magische
Welten und probiert immer wieder etwas Neues aus. Dabei
fühlt sie sich in fast allen Genres wohl. Sie ist Gründungs-
mitglied der BördeAutoren e.V., Mitglied im Bundesverband
junger Autoren und Autorinnen e.V. (BVjA), dem Deutschen
Schriftstellerforum (DSFo) und dem Verband deutscher Schrift-
stellerinnen und Schriftsteller (VS). Ihre Geschichte wurde von
der Fachjury auf Platz 2 gewählt.

SPÜRST DU DAS AUCH?

ANKE ELSNER

Nie zuvor in meinem ganzen Leben habe ich eine solch ohnmächtige Wut emp-funden. Aber ich werde mich an ihnen rächen, an allen beiden, und die Rache wird qualvoll sein. Mir fehlt nur ein konkreter Plan.

Es war ihr Musikgeschmack, der mich wahnsinnig machte, und ihre Art, ihn auszuleben. Zugegeben, nicht jeder muss Klassik lieben und wie ich alle Opern-aufführungen im Umkreis von 100 Kilometern besuchen, aber es gibt immer irgendwo eine Grenze. Und hinter dieser Grenze liegen für mich … deutsch-sprachige Schlager.

Schon als meine beiden neuen Nachbarinnen, Mutter und Tochter, in die Eigentumswohnung in unserem Vierparteienhaus einzogen, schwante mir, was mich erwartete. Während die Möbelpacker unter meinen wachsamen Augen die schweren Eichenschränke in den ersten Stock wuchteten, dröhnte die laute Musik einer Schlagerband durch den Flur. „Das Leben ist eine Wundertüte" be-gleitete die Badezimmereinrichtung und „Weine nicht, kleine Eva" passte her-vorragend, als einer der Männer den Flurspiegel fallen ließ. Irgendwann schloss sich hinter „Es war eine wunderschöne Zeit" die Wohnungstür, und ich atmete auf. Leider zu früh.

Kaum stand ich in meiner Küche, um mir zur Beruhigung einen Kamillentee zu kochen, tönte eine Männerstimme durch die dünne Wand „I sing a Liad für di". In dem Moment tendierte das Interesse an einem Lied für mich gegen Null, Ruhe wäre mein dringlichster Wunsch gewesen. Aber wahrscheinlich würde sich die Lautstärke ändern, sobald alles eingerichtet war. – So kann man sich irren.

Auch die nächsten Tage waren geprägt von deutschsprachiger San-geskunst. „Gezeichnet fürs Leben" – wer immer diese Zeile in meine Wohnung brachte, sprach mir damit aus der Seele. Genauso fühlte ich mich nach der Dauerbeschallung.

Doch den Höhepunkt bildete dann Helene Fischer, die selbst ich aus dem Fernsehen kannte, mit ihrer „Achterbahn". Beim ersten Mal, als mir die Worte: „In meinem Kopf ist eine Achterbahn" um die Ohren schmetterten, nahm ich noch an, dass nach zwei- bis dreimaligem Hören ein Ende erreicht sei. Aber es schien, dass es sich bei diesem Lied um ein Lieblingsstück meiner Nachbarinnen handelte, das in einer Endlosschleife dudelte. Nach der zehnten Wiederholung konnte ich nicht nur den Text mitsingen, sondern sogar zustimmen: „Gefühle außer Plan wie in 'ner Achterbahn." Diese Zeile beschrieb genau meinem Gemütszustand.

Jetzt fragen Sie sich natürlich, warum geht die gute Frau nicht kurz rüber und beschwert sich. Das liegt an meiner Erziehung. Meine Mutter predigte mir, so lange sie lebte: „Haltung und Würde bewahren." Obwohl sie sich zu Hause ständig über die Ungerechtigkeiten des Lebens aufregte – auch in sehr drastischen Worten –, verlor sie vor fremden Leuten nie ihre Selbstbeherrschung. Deshalb fällt es mir schwer, laut gegen Dinge aufzubegehren, die mich stören.

Als allerdings an Tag drei der Zeitrechnung nach Helene Fischer bereits um acht Uhr morgens die Liedzeile „Tagein, tagaus der gleiche Tagesablauf" in meine Küche schwappte, hielt mich auch meine Erziehung nicht mehr zurück. Entweder Helene oder ich.

Erbost zog ich meine Strickjacke enger um die Taille und verließ die Wohnung, um gegenüber zu klingeln. Nach wenigen Sekunden öffnete sich die Tür. Die Mutter stand vor mir und strahlte mich an. „Wie schön, dass Sie einmal vorbeischauen. Sie müssen eine Nachbarin sein. Wir wollten uns schon längst vorgestellt haben, aber so ein Umzug macht einfach schrecklich viel Arbeit. Und dann haben wir ja bald auch noch unseren großen Auftritt. Deshalb ist meine Zeit leider sehr knapp."

Ich öffnete den Mund, um meine Beschwerde vorzubringen, aber eine Handbewegung erstickte meinen Satz bereits, bevor noch das erste Wort über meine Lippen gekommen war. „Nein, nein wir sind noch nicht solche Stars wie Maria und Margot Hellwig, aber fast." Wer zum Teufel waren Maria und … „Wir covern Songs von anderen Interpreten. Dafür müssen wir uns erst die Melodien genau einprägen, also alles immer wieder von vorne hören, und dann geht's an den Text. Für die Veranstaltung in zwei Wochen haben wir uns den Song „Achterbahn" von der Helene ausgesucht. Den finden Sie doch bestimmt auch toll!"

Mit aller Entschiedenheit wollte ich gerade diese Feststellung verneinen, als mein Gegenüber schon weitersprach: „Jetzt müssen Sie mich bitte entschuldigen und herzlichen Dank für Ihr Verständnis." Damit schloss sich die Tür. Wie betäubt drehte ich mich um und betrat mit schleppenden Schritten meine Wohnung. Die Hausbewohner aus dem Erdgeschoß überwinterten gerade auf Mallorca, also wenn sich etwas ändern sollte, musste ich es selbst in die Hand nehmen.

„Sag mal spürst du das? Uh-oh, oh oh. Sag mal spürst du das?" Helene dröhnte weiter durch die Wand, und ja, ich spürte das. Langsam stieg wieder die Wut in mir hoch, aber ... Haltung bewahren. Mit Block und Stift setzte ich mich an den Wohnzimmertisch. Das Lied konnte man in jedem Zimmer deutlich hören. Selbst wenn es einen Moment aussetzte, lief es in meinem Kopf weiter. Diese hirnamputierten Waldschnepfen sollten einfach ihre grenzdebilen Schnulzen abstellen; also schrieb ich: „Liebe Nachbarinnen, es wäre sehr, sehr nett, wenn Sie die Musik ein ganz klein wenig leiser stellen könnten. Herzlichst Ihre Nachbarin." Den Zettel legte ich vor die Tür der Nebenwohnung.

Am nächsten Mittag, nach weiteren Stunden mit Helene, fand ich vor meiner eigenen Wohnung eine Flasche Wein mit einer kleinen Karte: „Wasser macht weise, Wein macht lustig! Wir müssen noch ein bisschen üben, deshalb singen wir ab morgen selbst – und nicht mehr Helene. Klingel und Telefon sind übrigens abgestellt und wir tragen Kopfhörer, damit wir uns ganz auf die Kunst konzentrieren können." Mich beruhigte diese Aussage, ging ich doch davon aus, dass der Gesang Zimmerlautstärke nicht übersteigen würde. Wieder weit gefehlt.

Schon am Abend des folgenden Tages sehnte ich mich nach der Original-Interpretin, da die falschen Töne und die endlosen Wiederholungen einzelner Passagen mich an den Rand eines Nervenzusammenbruchs trieben. Zweistimmiges atonales Kreischen des Refrains „Gefühle außer Plan wie in 'ner Achterbahn", ohne Musik, verstärkt durch eine wirklich hervorragende Anlage – kein Ohropax der Welt hätte da eine Chance gehabt.

Nach 13 Tagen befinde ich mich inzwischen in einer Art Delirium, beherrscht allein von dem Gedanken: Ich werde mich rächen, und die Rache für die beiden depperten Möchtegern-Helenen wird fürchterlich sein.

Gerade kommt mir eine faszinierende Idee, und ich spüre, wie sich ein Lächeln auf meinem Gesicht ausbreitet: Ich werde meine Nachbarinnen nach ihrem Super-Auftritt zum Kaffeetrinken in meine große Wohnküche einladen und das Getränk mit einem Schlafmittel versetzen. Und dann … ich sehe es genau vor mir: Die beiden Frauen sitzen gefesselt und geknebelt auf unbequemen Holzstühlen. Ihre Augen verfolgen voller Panik meine Bewegungen. Vor ihnen stehen zwei neue hochpreisige 400-Watt-Standlautsprecher, bevorzugt von Opernliebhabern wegen ihrer brillanten Klangdarstellung. Langsam drehe ich den Lautstärkeregler der Hifi-Anlage so weit auf, wie es nur geht. Meine Hand bewegt sich zur Powertaste, jetzt ist der Moment gekommen: Ich schalte ein.

Musik strömt durch den Raum, explodiert in jeder Ecke, bricht sich an den Wänden, durchdringt jede Pore des Körpers, selbst meine Ohrstöpsel, und steigert sich; dann setzen die Frauenstimmen ein: „Der Ring des Nibelungen", mit einer Orchesterbesetzung von über 100 Musikern, sechs Harfen, vier Tenor- und Basstuben, 34 Solisten und zwei Chören – 16 Stunden Richard Wagner, ein Privatkonzert nur für meine beiden Schlagerschnepfen.

Und danach werde ich zurückkommen und die zwei Frauen anbrüllen: „Na, spürt ihr das auch?"

Anke Elsner
Die Autorin aus Münster in Deutschland hat schon mehrmals beim Mölltaler Geschichten Festival reüssiert: Ihre Geschichte „Der Haussegen" kann im 2. Band, „Aufbruch", nachgelesen werden. „Der perfekte Plan", im Band 4, wurde 2019 von der Publikumsjury zum Sieger gewählt. Die Dozentin für „Deutsch als Fremdsprache" kam 2013 zum Schreiben. Die Folge waren Veröffentlichungen in zahlreichen Anthologien. Ihr erstes Buch mit dem Titel „Doppelkopp – Kurzkrimis und mehr aus dem Münsterland" erschien 2016.

DIE ENTSCHEIDUNG

ELFRIEDE ROJACHER

Vroni stieg langsam die ausgetretene Holztreppe hinauf in den ersten Stock. „Beeile dich, es ist schon bald neun Uhr und der Toni ist pünktlich!", schrie ihr die Mutter aus der Küche nach. Von Vronis lebhaftem Temperament und ihrer jugendlichen Fröhlichkeit war nicht viel geblieben. Ihre Füße schienen wie Blei und die Hände hielten sich am klobigen Treppengeländer fest und zogen ihren Körper mühsam nach oben.

Verwirrt stand sie in der kleinen Kammer, die sie mit ihren zwei jüngeren Schwestern teilte. Sie blickte voll Stolz auf ihren Kasten, den sie mit ihrem ersten ersparten Geld vom Tischler hatte anfertigen lassen. Der eindringliche Befehl ihrer Mutter hämmerte gegen ihre Schläfen. Die Entscheidung hatte sie längst getroffen, warum fiel es ihr jetzt so schwer, den Weg weiterzugehen? Gewiss, sie war mehr oder weniger in diese Entscheidung gedrängt worden. Aber sie war schließlich selbst überzeugt, dass es der richtige Weg sein werde, für den sie sich entschieden hatte. Nur in ihren schlaflosen Nächten dachte sie immer wieder an glückselige Stunden, in die sie unbeschwert und mit der Leichtigkeit ihrer ersten jungen Liebe eingetaucht war und gehofft hatte, sich nie aus den zärtlichen Umarmungen lösen zu müssen.

Vroni lächelte bei dem Gedanken, dass es nun bald ein Jahr wurde, als sie sich damals mit einer Freundin um eine Saisonstelle in Bad Gastein beworben hatte. Als älteste einer großen Kinderschar war es ihr mit ihren zwanzig Jahren endlich erlaubt worden, im Winter arbeiten zu gehen. Im Sommer dagegen wurde jeder Einzelne notwendig für die große Landwirtschaft gebraucht. Das erste Mal weit weg von daheim, der Umgang mit den vornehmen und reichen Gästen im Kurhotel war eine andere Welt. Vroni bewältigte die Schattenseiten dieses neuen herausfordernden Lebens sehr bald. Und bald hatte alles nur noch einen Namen: Rupert!

Vroni legte wie beschützend ihre Hand auf den Bauch. Wenn es möglich wäre, sie würde es nie zur Welt bringen, möchte es für sich behalten. Vor dem Fenster lärmten die Spatzen und die Schwalben zogen ihre letzten Abschiedsrunden. Plötzlich war ihr, als ob sie ihr in der Kammer zuriefen, dass sie sich doch beeilen sollte. Es wurde Zeit, Abschied zu nehmen, vom gewohnten Zimmer, vom Elternhaus und vor allem von ihren Träumen, dass noch etwas ihren eingeschlagenen Weg ändern könnte. Vroni wischte sich mit der Hand über die Stirn, um einen klaren Gedanken zu fassen. Nein! Ihr Vertrauen, ihre Sehnsucht waren aufgebraucht! Die gemeinsamen Pläne zunichtegemacht!

„Sei froh, wenn er dich nimmt mit dem Kind!", hatte ihr die Mutter gesagt. Der Vater hatte zustimmend genickt und ebenfalls die Geschwister. Nur die jüngste Schwester, die noch in die Volksschule ging, war schrecklich neugierig auf das Baby.

„Was kann dir Besseres passieren! Du kommst zu einem Bauern, das ist ein guter Platz für dich und dein Kind!" Solche und ähnliche Ratschläge bekam sie des Öfteren zu hören.

„Und wenn er dir nicht zurückschreibt, dann weißt du eh, wie viel es geschlagen hat! Der hat dich lang vergessen! Und wovon wollt ihr überhaupt

leben? Kein Haus, kein bisschen Erde, um wenigstens einen Garten anzulegen! Was verdient man schon als Kellner? Jedenfalls nicht genug, um eine Familie zu ernähren!" Vroni schwieg. Ja, das musste sie sich eingestehen, dass sie in einer ausweglosen Situation war. Zu Hause war jeder Winkel belegt, wo sollte sie da noch Platz für ihr Kind finden?

Rupert hatte ihr versprochen, bevor sie wieder die Arbeitsstelle verließ, er würde sie bald besuchen. Sie tauschten ihre Adressen aus und Vroni versprach, im nächsten Winter wieder zur Stelle zu sein. Als sie bald darauf von einer ständigen Übelkeit geplagt wurde und mit rot verweinten Augen herumlief, ließ sich ihr Zustand nicht länger verbergen. „Jetzt können wir sie nicht einmal auf die Alm schicken!", grollte der Vater. Und ihre jüngere Schwester war auch nicht erfreut, dass ihr nun den Sommer über die schwere Arbeit mit dem Vieh zufiel.

Vroni hatte sich gezwungen, einen Fuß vor den anderen zu setzen. Doch jeder Schritt ins Unbekannte war ein Kampf gegen ihre Instinkte. Gerüchte wurden in dem kleinen Ort herumgetragen, bekamen Flügel, wurden verzerrt und wieder abgelöst von neuem Gerede. Die Sicherheit, die sie wie ein Panzer umgeben hatte, war brüchig geworden und ihr Ziel ein unerreichbarer Wunschtraum. Unfassbar fern! Das Leben ist Gehen, immer weiter, vor allem für das Kind.

Vroni hörte, wie die Haustüre geöffnet wurde, und kurz darauf ein kräftiges Klopfen an der Küchentür. Sie kämpfte gegen das Würgen in ihrer Kehle, zog sich rasch noch die Jacke über und eilte die Stiege hinab. Toni lächelte ihr zu, als sie etwas nervös in die Küche trat. Er war ein ernster gutmütiger Mensch, der nicht viel redete, aber was er sagte, war ehrlich. „Dann können wir ja gehen!", meinte Toni etwas verlegen. Vroni nickte zustimmend und lächelte ihn an. Sie gingen schon durch das Vorhaus und die Mutter tauchte ihre Finger in den Weihwasserkessel neben der Küchentür, als wieder die Haustüre geöffnet wurde. Die schlanke Gestalt, die jetzt im dunklen Vorhaus unsicher ein paar Schritte tat, hätte Vroni unter Hunderten von Menschen wiedererkannt. „Grüß Gott, wohnt da die Veronika Berger?", fragte der Fremde höflich. Die Mutter steckte neugierig ihren Kopf aus der Küchentür. „Jaja, da ist sie", gab sie rasch zur Antwort und deutete auf ihre Tochter. Vroni wäre am liebsten in den Boden versunken. Kein Loch wäre tief genug, in das sie sich jetzt wünschte. Ihre Knie zitterten, gleich würde sie daliegen. Wohin gehörte sie jetzt? Zu Toni, dem sie das Ja-Wort gegeben hatte? Zu Rupert, dessen Kind sie unter ihrem Herzen trug?

Rupert spürte die Hitze, die langsam in ihm aufstieg, wie er Vroni so vor sich stehen sah mit dem Mann an ihrer Seite, der finster dreinblickte. „Veronika, ich dachte, ich wollte, ich habe deine Briefe nie bekommen. Ich habe den Sommer über eine Arbeit in der Schweiz angenommen als Holzarbeiter. Da verdient man doch mehr als im Gastgewerbe. Aber ich hatte keine ständige Adresse und so haben mir meine Eltern die Post auch nicht nachgeschickt. Veronika, können wir allein miteinander reden?"

Vroni brachte kein Wort über ihre Lippen. Verzweiflung und Ratlosigkeit schrien aus ihren Augen, sie wollte sich auf ihn stürzen und ihr Gesicht vergraben in die Hände, die sie nie vergessen hatte. Doch ihre Füße standen unbeweglich, sie spürte keinen Atem und keinen Herzschlag mehr. „Nein, nein!", ergriff die Mutter energisch das Wort, „die Vroni geht jetzt mit dem Toni zum Pfarrer, das Aufgebot für die kirchliche Trauung zu bestellen!" Rupert war blass geworden bei ihren Worten. Seine Stimme zitterte, als er noch einmal bat: „Ich möchte wenigstens noch einmal mit ihr allein reden!"

„Nein, nein, du fahr nur wieder nach Hause!", bestimmte die Mutter und sah Rupert streng an. Toni legte seinen Arm um Vronis Schultern und schob sie zur gegenüberliegenden Haustür. Vroni senkte den Kopf und sah nicht mehr zurück, als sie hörte, dass ihr Rupert noch ein paar Schritte nachlief.

Die warme Herbstsonne streichelte ihr Gesicht, als sie ins Freie trat, so als wollte sie sagen: Jede Erinnerung ist eine frische Wunde, aber die Zeit ist die heilende Hand für deine Schmerzen. Das Leben ist Gehen, liebe es!

Elfriede Rojacher
Die Autorin ist im Mölltal geboren und aufgewachsen. Nach einigen Jahren beruflicher Tätigkeit als Krankenschwester kehrte sie wieder in ihre Heimat zurück und lebt dort mit ihrer Familie auf einem Bergbauernhof. Inspiration und Ruhe findet sie in der Natur, und Geschichten, die das Leben schreibt, spiegeln sich in ihren Texten wider.
„Steh auf und blühe" (2012) ist ihr erstes Buch, danach folgten Anthologien und Kurzgeschichten, die das Mölltaller-Geschichten-Festival veröffentlichte.

DAS PRINZIP HOFFNUNG

CORINA LERCHBAUMER

„An mir ist nichts Zartes. Nicht mein Blick, nicht mein Herz und schon gar nicht meine Liebe.

Zartsein ist etwas für die anderen. Für die Reinen, für die Schönen, die Gescheiten, für die Glücklichen. Von mir kann das keiner erwarten. Ich bin nicht der Schmetterling, der fein am Tautropfen nippt. Ich bin der Falke, der die Maus mit Haut und Haar frisst", das war das Erste, was du zu mir gesagt hast. Damals, vor einem ganzen Leben.

Auf dem kotzgrün (in irgendwelchen Fachbüchern für Raumausstatter wurde der Farbton wahrscheinlich als frühlingsgrün bezeichnet und sollte beruhigend und blablabla wirken) gestrichenen langen, kalten Flur, da standest du wie ein Dämon vor mir.

Deine Haare waren ein Nest aus Dunkelheit und doch hast du geleuchtet. Eine einsame Straßenlaterne für müde Wanderer, doch der Tod jeder Motte.

Wie dein Blick herumgehuscht ist, wie er durch meine Seele gestochert und rauchende Krater hinterlassen hat, dort wo deine falkenscharfen Krallen Löcher hineingebohrt haben.

Um nachzuschauen, ob's mir wo wehtut. Und wenn ja, wie sehr. Wie du versucht hast herauszufinden, ob wir beide aus derselben Materie geformt sind. Wie du mit deinem Falkenschnabel an meiner Fassade gekratzt hast, weil du wissen wolltest, ob auch ich ein Raubvogel bin oder eher eine Beute für dich.

Denn klar war – für uns beide – Schmetterling war auch ich keiner.
Die schimmernden Glitzerflügel hätt' ich mir selbst zerfetzt.

Von diesem Moment an nannte ich dich nur mehr Wilde Maus. Weil dieses böse, böse Glitzern in deinen Augen mich unwahrscheinlich glücklich gemacht hat.

Wie der Gletscher bei Sonnenaufgang. Genauso hell und dunkel im selben Moment, genauso unheimlich, genauso faszinierend. Gefährlich wunderschön, obschon jeder Schritt tödlich sein könnte. Das Versprechen der Freiheit unter deinen damals noch langen schwarzen Wimpern – deiner Freiheit. Die so ganz anders ist als meine.

Jetzt sitz' ich hier, halte deine Hand und entgegen deiner Behauptungen liegt sie leicht wie ein Schmetterling in meiner. Du schaust mich an, du siehst mich nicht.

Ein anderer kotzgrüner Flur, scheußliche Kunst an den Wänden. Und der Geruch des Todes in jeder Mauerpore. Ein einsamer Schweißtropfen brennt sich wie Säure mein Rückgrat hinab.

Ich weiß nicht: Soll ich weinen? Soll ich lachen?

Du wirst deinem Namen gerecht, meine Wilde Maus. Schickst mich auf eine Fahrt ohne Wiederkehr.

Und dann fällt dein Vorhang.

Im Abendrot glüht der See, die alte Birke wirft ihren Schatten, schmeißt ihn förmlich nach mir.

Damit ich in seiner Dunkelheit untergehen kann, mit ihm verschmelzen, mich davonstehlen.

Und hinter den sanften Wellen liegen die Gipfel. Still, ruhig, vertraut. Besänftigend und beschützend.

Noch leuchten sie, aber bald werden auch sie schwarz und dunkel werden. So dunkel wie der Wald. So wie alles um mich herum. Das Schilf singt im Wind irgendein trauriges Lied, nur ein einsamer Kauz als Solist.

Statt Trübsal blas' ich Rauchringe in die schneidend kalte Luft. Und mit jedem Atemzug, der in meinen Lungen brennt, eine Erinnerung an dich.

Nächtelang haben wir durchgetanzt, kein Mitternacht ausgelassen. Und auch nicht Schnaps und Bier. Keine Schatten waren uns düster genug, keine Flamme war uns zu heiß. Wir haben uns im Kreis gedreht, immer schneller und schneller und schneller. Wir haben uns nicht die Sicherheit im Auge des Sturms gegönnt. Wir waren der Sturm. Wir waren Krieger des Lichts, waren

Räubertöchter und Hexenkinder. Wir waren wir, gemeinsam zusammen gegen den Rest von allem.

Wie du meine tapfer errichteten Mauern, für die ich so lange gebraucht habe, mit dem Vorschlaghammer eingerissen, den Stacheldraht mit deinen bloßen Händen auf den Sondermüll geworfen hast. Dein Blut und mein Blut vermischt, eine Blutsschwesternschaft für den Rest der Ewigkeit.

Du hast einfach all meine Ängste in eine altersschwache Achterbahn gesetzt, hast auf Gurt und Bremse gepfiffen, deine Arme in die Luft gerissen und gelacht, dass die Tränen nur so flogen. Während mein Herz sich auf die Intensivstation wünschte.

Kollidiert sind wir schlussendlich mit der Realität. Schleudertrauma willkommen.

Gebrochen haben wir uns nichts, nur das Gehirn ein bisschen verstaucht. Und inmitten all dieser Trümmer, von denen ich dachte, dass sie ich wären, bin ich aufgewacht. Und war immer noch da. Und du mit mir, grinsend hast du mir deine Hand entgegengestreckt, mir den Staub von Haar und Haut geklopft.

Aber in deine Augen hatte sich schon der Schatten geschlichen. Dein Licht war schon ein bisschen weniger hell. Dein Arm ein bisschen kraftloser. Dein Atem ein bisschen stiller.

Wir haben beide weggesehen, das Unaussprechliche, Unausweichliche vor uns hergeschoben.

Wir haben uns gegenseitig aus der Bahn geworfen und im taufrischen Gras liegend auf den Silberstreif am Horizont gewartet.

Weißt du noch, meine Wilde Maus? Dein Film? Die Premiere haben wir gemeinsam gesehen, kannst du dich noch erinnern?

Natürlich kannst du, was frag' ich. Als wäre es gestern gewesen, würdest du sagen, wenn du könntest.

Ein vom Tod gestohlener Abend im kleinen Kino, mit den uralten roten Samtsitzen, in denen die popcornsalzigencolaklebrigen Küsse noch schlafen. Im Vorhang vor der vergilbten Leinwand schwebten Heerscharen gerauchter Zigaretten und geweinter Tränen.

Dazwischen muckt irgendwo ein verlorenes Lachen auf. Den Weißweindoppler haben wir hereingeschmuggelt.

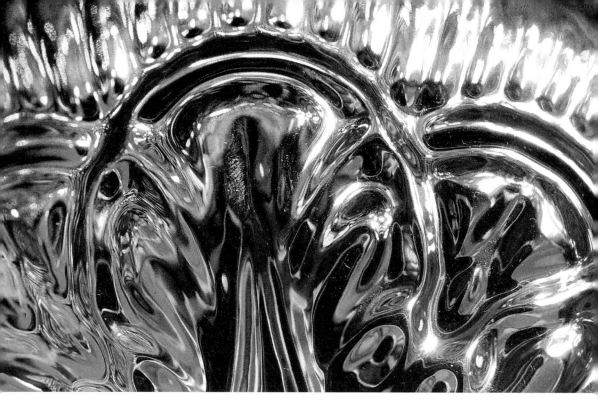

Wir fühlten uns wie Helden, wie Rebellen. Viva la Revolución haben wir mit unsichtbarer Tinte auf unsere Rucksäcke geschrieben.

Da hat das Leben in uns pulsiert, gebebt haben wir, gebrannt. Unsere Seele hat getanzt, gesungen, gebrüllt. Unser Lied balancierte immer am Abgrund entlang.

Dein jetziger Song ist so still, so leise. Man hört ihn nur, wenn man ganz lang den Atem anhält und das Herzklopfen dazu.

Ein kurzer Schauer in der Welt, dein Geist, der neben mir sitzt. Dein wildes, wildes Lebenslied, auf schwarzen Samt gebannt.

Dein Schweigen legt sich über mein Tal.

Ein einsames Scheinwerferpaar schneidet die Nacht entzwei, biegt ab, verschwindet. Als wäre es nie da gewesen. Nur ein kurzer Blick zwischen die Schleier, und dann werden die Schatten wieder kürzer und die Welt ist wieder so, wie sie vorher war.

Du warst so bunt und jetzt bist du so grau.

Ein Bündel Kochen in ein weißes Hemd gehüllt, die Augäpfel hinter deinen geschlossenen Lidern rasen nicht mehr auf und ab, nicht mehr hin und her. Was du wohl gesehen hast in deinem letzten Schlaf?

Vielleicht deine Träume. Deine großen, wilden, wahnsinnigen Träume, die dich schlussendlich aufgefressen haben.

Mittlerweile haben sich selbst Kauz und Wind schlafen gelegt. Kein Ton dringt mehr in diese Welt. Kein Plätschern, kein Knarren, kein Krächzen.

Noch eine Zigarette, noch ein Schluck vom Wein. Noch einen Moment Erinnerung.

Blitzende Lichter, der Beat, der durch unsere Körper tobt. Meiner so stark, deiner nicht mehr.

Ein letztes Mal, hast du gesagt, ein letztes Mal leben.

Ein letztes Mal fliegen. Ein letztes Mal Sommer, bevor der Herbst kommt.

Unser ewiges Band war das Prinzip Hoffnung.

Wir haben so sehr gehofft, dass nichts Geringeres als ein Wunder hätte möglich sein müssen. Und trotzdem gehst du weiter. Und ich bleibe zurück.

Das nächste Mal Achterbahn fahr' ich allein. Aber ich werd' für dich lachen. Laut und mit Tränen in den Augen. Ich werde meine Arme in die Luft reißen und der Welt deinen Namen entgegenschreien und alle meine Ängste – die dürfen da unten am Eingang auf mich warten. Abholen werde ich sie nicht mehr.

Weil wir nur dieses eine Lied haben, diesen einen Tanz. Dieses eine Leben voller Hoffnung, Träume und wilder Herzen.

Corina Lerchbaumer
Aufgewachsen in Stall im Mölltal, zog sie schon früh nach Wien, um eine Buchhändlerlehre in der großen Stadt zu machen. Der Liebe wegen ist sie dortgeblieben. Jedoch kommt sie immer wieder gern nach Hause, um den hier gebliebenen Teil ihres Herzens zu besuchen. Das Publikum des Mölltaler Geschichten Festival nimmt sie mit offenen Armen auf: Wie im letzten Jahr gewann ihre Kurzgeschichte auch dieses Jahr den Mölltaler Preis. Außerdem erreichte sie in der Publikumswertung zusätzlich den 3. Platz.

WIR HATTEN ES SO GENAU

SUSANNE AXMANN

Einfach. Es war ganz einfach. Genau: Ich war Jim Beam und sie Eiswürfel. Ich Lederjacke, sie Body. Ich scharf und sie smooth.

Gerade der richtige Sound, gerade die richtige Linie, der richtige Flow. Gerade dieses Lächeln, ein wenig eckig im Spiegel der Damentoilette und dann heiße Granate.

Ruf an.

Ruft an, ganz soft.
Ich wieder Jim Beam, sie Eiswürfel. Ich oben, sie unten. So einfach war das.
Ruf an. Ja, natürlich.

Ich wusste nicht, dass One-Night-stand. One night more. Und?
Ich nicht.
Ich sicher nicht.
Sie soll.

Sie ruft nicht an.
Ich war doch so sicher. Jim Beam.

Dann, he, super, ja, gerne heute, nein, dann morgen, gut, freue mich. Auf sie. Ab und zu. Dann wieder einmal. Immer sie.

Ich war mir so sicher. Ihr unvermutet kantiger Rücken. Auf dem Bett. Gegen das Licht der Straßenlaterne. Das Fenster hinter ihr.

Unvermitteltes Herzkrachen. Fast Übelkeit. Sie lächelt eine Achterbahn mit Ecken. Samenflecken auf dem zerknitterten Leintuch.

Ich warte.
Warte.

Dann war da wieder der scharfe Rücken gegen die Straßenlaterne nachts. Sie sucht ihren linken Schuh. Kniet nackt vor dem Bett. Das Haar fällt. Diese Kante. Noch mit niemandem war ich so. Wir hatten es so genau, und da wusste ich es. Mit dir war ich so wie mit niemandem. So sehr.

Warten.

An der Türklingel habe ich
über den Zaun bin ich
mit der letzten Straßenbahn bin ich
und mit der ersten
gefroren habe ich
im Park habe ich
vorm Büro
und
an der Scheißbrücke.

DU FEHLST MIR.

Du fehlst mir so sehr. Damals war ich. Und jetzt bin ich mir sicher.

DANN WIEDER DA. Einfach wieder da. Und es war wieder so genau. Wir hatten es wieder. Jim Beam und Eiswürfel.

Es war: wie eine brennende Seidenquaste, eine Zwillingsliebe, eine Achterbahn ohne steiles Fallen. Dein leiser Schlüsselbeinschatten am Morgen. Deine blasse Blinddarmnarbe. Deine schiefe Linea alba. Dein blanker Venushügel mit der vorwitzigen Klitoris. Dein Mundwinkel nach dieser Nacht ein dunkler Pinselstrich, rosa und kreisrund dein Warzenhof.

ES IST GANZ EINFACH.

Ich rufe dich an, sage ich in deinen Mundwinkel. Heute noch, sage ich. Gleich wenn du vor der Türe bist. Jetzt wenn du an der Bettkante sitzt.

Du angelst dir deine Schuhe unter dem Bett hervor. Sagst: „Ich rufe dich an!"

DANN.

Kein Anschluss unter dieser Nummer. Herzkrachen. Tote Mailbox. Nie Festnetz. Keine Message. Helles Feld statt Schild an der Wohnungstüre. Fremder Name im Büro. Immer Leerton. Kein Anschluss. Stumme Türklingel. Am Zaun warten. Im Park warten. An der Scheißbrücke warten.

WIR HATTEN ES DOCH SO. GENAU!

Ich war doch mit ihr wie mit niemandem. Das Herz kracht. Laut und immer. Knirscht ungehobelt. Hat blaue Flecken. Stellt fast sein Schlagen ein. Schlägt alles auf einmal. Schlägt die Herztür zu.

Und zu. Und zu …

Der Wagen der Achterbahn rattert in den Auslauf. Steht still. Ich kann die Einsamkeit hören.

Das Selbstmördergeländer an der Brücke reicht mir die Hand.

Ein kalter Wind im Fall. Durch meine Herztür.

Sei froh. In letzter Sekunde. Rechtzeitig! Sei froh. Welch eine kaputte Idee. Froh sein.

Ein Bett. Ein weißes Laken. Ein Fenster. Gitter.

Ich suche meine Schuhe unter dem Bett. Nur ein linker. Erbärmlich den Gang hinunter, links, links, links.

Ich war doch so sehr mit ihr. So sehr ich gewesen. Jim Beam.

Jasmin. E., 23 J. Mitschrift

Ich habe ihn bei einer illegalen Rave-Party in einer aufgelassenen Fabrik im zweiten Bezirk kennengelernt.

Irgendwie ein cooler Typ. Aber ziemlich durchgeknallt damals, hat sich wahrscheinlich was reingezogen, ich war auch auf Speed und dann ein kurzer Fick auf der Damentoilette. Erinnern? Ja, an mein Gesicht dort im Spiegel überm Waschbecken, mit dem roten Lippenstift. Irgendwie spooky.

Ich hab ihm gesagt, ich würde ihn anrufen. Bin dann zu ihm. Na ja, wieder quick und ein bisschen unappetitlich, die Bude. Die Spermaflecken waren sicher nicht nur von heute. „Jim heiß ich, Jim Beam". Er hat eigentlich immer wenig gesprochen, eher so kurz immer.

Dann hab ich einige Zeit nicht angerufen und beim nächsten Mal flippt er aus: „Hej, super, toll, freu mich!" Der ist wirklich auf mich abgefahren!

Dann, so nach drei bis vier Wochen, hat das das irgendwie mit der Liebe angefangen. Von ihm. Zuerst nicht so direkt, aber man merkt das doch, als Frau. Wie der auf einmal schaut, sich bemüht und redet vorm Ficken. Na meinetwegen, ich finde das echt cool, irgendwie. „Mit dir ist es so genau", hat er gesagt.

Dann macht der Rambazamba, weil ich nicht anrufe. Ich habe ihm verboten, ins Büro zu gehen, aber der sucht mich überall. Lauert herum und macht mir dann Vorwürfe, wie kalt es in der Nacht ist, wenn er auf mich wartet. Hallo! Alter! Wer hat dich denn darum gebeten?

„Du spielst Achterbahn mit meinen Gefühlen", sagt er und ich glaub, das war sein erster zusammenhängender Satz. Wegen mir hat der einen fetten Auszucker, cool. Der kommt fast ins Weinen. Der streichelt meine hässliche Blinddarmnarbe.

Dann: Game over.

Ich habe dann noch erfahren, dass er von der Brücke gesprungen ist, jemand hat ihn in letzter Sekunde aus der Donau gezogen.
Ja, das wars dann.
Kann ich gehen?

Aktenvermerk 1
Frau Jasmin E. wurden wegen guter Führung sechs 24-Stunden-Ausgänge genehmigt.
Von diesen kam sie pünktlich und nüchtern zurück.

Aktenvermerk 2
Lt. eigener Auskunft musste Fr. Jasmin E. ihre Wohnung aufgeben. Sie wurde von ihrem Arbeitgeber gekündigt. Der zuständige Sozialarbeiter begleitet sie zum AMS und versucht, eine Sozialwohnung für sie zu finden.

Die Anstaltspsychologin bescheinigt ihr gute Resozialisierungstendenzen.

Aktenvermerk 3

Zwei Wochen vor der Entlassung von Fr. E. kam es zu einer Auseinandersetzung im Frauenspazierhof. Frau E. trat nach einer massiven Attacke auf die schon am Boden liegende ehemalige Geheimprostituierte Maria. T. ein. Die Justizwachebeamtinnen konnten Jasmin E. nur mit größter Anstrengung von ihrem Opfer trennen. Jasmin E. wurde in die Haftanstalt S. verlegt.

Aktenvermerk 4

Nach dem Motiv für diese Tat befragt, sagte Jasmin E. aus: „Ich habe Maria T. beim Spaziergang im Hof erzählt, dass ich bald entlassen werde und draußen jemand auf mich wartet. Ich habe seinen Namen erwähnt: Jim Beam. Sie hat darauf laut gelacht und gemeint, dass den alle Nutten im zweiten Bezirk kennen. Johann B. Der versucht es ja bei jeder. Aber alle wissen, dass er nie bezahlt."

Aktenvermerk 5

Jasmin E. wurde der schweren Körperverletzung schuldig gesprochen. Die Staatsanwältin gab keine Erklärung ab. Damit ist das Urteil nicht rechtskräftig.

Susanne Axmann
Nach ihrem Studium an der Universität für Angewandte Kunst beschäftigte sich die genre-übergreifende Künstlerin mit dem Schreiben, Mode und Textilien, Illustrationen, Zeichen- und Malkursen, Ausstellungen, Performances, Ort- und Stadtbespielungen im Künstlerkollektiv, Aktzeichenkursen und -seminaren, Arbeit mit Kreativtools in der Erwachsenenbildung und dies vorwiegend mit Randgruppen. So hat sie auch viel zum Aufbau und zur Organisation der Erwachsenenbildung in der Justizanstalt Klagenfurt beigetragen. Seit einiger Zeit veranstaltet sie zudem Schreibwerkstätten, darunter auch eine inspirierende für das Mölltaler Geschichten Festival.

FÜR SIE

MARIELIES SCHMID

Es kann nicht sein, es darf nicht sein. Wie ist das möglich? Gerade jetzt?! Ein Schwall von Gedanken, Bitten und Flehen, ein Wimmern und Weinen, ein Schreien. Alles will hinaus, hinausgebrüllt werden in diese ungerechte Welt. Wie kann es sein, dass es sie trifft? Diese kurze Entfernung! Sie spürt, dass sich in ihr etwas aufbäumt, nach draußen muss, mitgeteilt werden möchte. Ihr ist übel, ihre Füße verkrampfen sich und sie bemerkt, wie sich der berühmte kalte Schweiß in ihrem Nacken bildet. Ihr Rücken ist bereits durchnässt und sie weiß, dass man ihre Angst riechen kann. Aber sie darf das nicht zulassen. Sie muss alles in ihrer Macht Stehende tun, um zu beschützen, was am wichtigsten ist. Sie wird nicht akzeptieren, dass ihr Kind, ihr ein und alles, Angst verspüren muss. Das fröhlichste Mädchen ist ihre kleine Lissi. Diese Unbeschwertheit soll sie für immer behalten können. In diesem Augenschlag eines Lebens. Ihre Finger zittern. Sie ballt ihre Hand zur Faust. Versucht das Zittern unter Kontrolle zu bringen, bevor sie die weiche Hand ihrer Tochter so fest umschließt, als könnte sie damit das Unausweichliche ungeschehen machen. Sie schließt ihre Augen. Nur für einen Moment. Sendet ihre Wünsche dorthin, wo Leben gerade erst beginnt, sich zu entwickeln. Öffnet ihre Augen wieder. Dreht den Kopf zu ihrer Tochter. Genießt den Anblick der feinen blonden Haare, die in unzähligen Locken vom Kopf abstehen. Bevor sie ein Lachen zustande bringt, wandert ihr Blick noch einmal zu ihrem Mann. Seine Wangen sehen eingefallen, schlaff aus, als wäre er in den letzten Minuten um Jahre gealtert. Sie weiß, dass sie die Maskerade durchhalten müssen. Sie weiß, dass er sie versteht. Dass er spürt, was sie ihm sagen will. Dass sie in diesen letzten Minuten das gemeinsame Ziel beide sehen. Wie um sich selbst zu ermuntern, nicken sie sich gegenseitig zu, bevor sie sich zu ihrer Tochter beugt und mit ihrer lustigsten Stimme ausruft: „Wie ein kleiner Wirbelwind düst du heute durch die Luft, ist das nicht toll?!"

***

Mama lacht. Ihre Augen leuchten. Glitzern. Wenn ihr Mund nicht in Freude geöffnet wäre, würde sie denken, dass Mama weint. Aber das tut sie nicht. Es ist alles gut. Lissi dreht den Kopf nach rechts. Papa lacht auch. Er nimmt ihre Hand. Seine Handfläche ist ganz kalt und feucht. „Wuiiii, wuiii! Gleich gehts wieder los!" Seine Stimme klingt anders als sonst. Aber er hat Spaß. Also hat sie auch Spaß! In ihrem Bauch kribbelt es lustig. Sie fühlt sich wunderbar. Sicher. Auf ihrer linken Seite hat sie die Hand ihrer Mama fest im Griff, auf der rechten Seite sind ihre mit Papas Fingern verflochten. Beide schauen sie intensiv an, sind fröhlich und scheinen das aufregende Kribbeln genauso zu genießen wie sie. Auf und Ab. Auf und Ab. Auf und Ab.

Lissi zählt angestrengt nach. Es sind noch vier Tage bis zu ihrem fünften Geburtstag. Ein besonderer Geburtstag, auf den sie sich alle schon lange freuen. Es wird der letzte Geburtstag sein, an dem sie alleine mit Mama und Papa feiert. Dann kommt nämlich das Baby. Eine kleine Schwester, oder ein kleiner Bruder. Es muss noch brav essen und trinken, um zu wachsen, aber bald, zu Weihnachten, hat sie dann schon ein Geschwisterchen. Mama und Papa freuen sich sehr darüber. Also freut sich Lissi auch. Manchmal überlegt sie, was sie dem Baby alles zeigen kann. Ihre kleine Höhle im Zimmer, die sie ganz alleine gestaltet hat. Mit Decken und Pölstern, mit einer Lampe, die tanzende Lichter an die Wände wirft, mit einem kuscheligen Flauschteppich ausgestattet hat sie einen ganzen Nachmittag an ihrer Höhle gearbeitet. Wie überrascht Mama war, als sie sie dort gefunden hat. „Darf ich reinkommen?", hat sie gefragt. Das hat Lissi am besten gefallen. Dass ihre eigene Mama, die alles darf, um Erlaubnis fragt. Sogleich wurde ihr Bau bewundert: Die Lampe, die Decken, der Polster-Berg, bis ihre Mama begonnen hat, sie zu kitzeln, und sie sich lachend und prustend herumkugelten. Auch Papa war begeistert. „Das hast du ganz alleine gemacht?" Er war richtig stolz auf sie und nach dem Abendessen hat sie sogar noch ein Stück Schokolade bekommen. „Für meine kleine Architektin." Lissi weiß genau, dass Architekt ein toller Beruf ist, weil man da Häuser und Wohnungen baut.

Daran erinnert sie sich jetzt und ruft freudig aus: „Wenn ich groß bin, werde ich Architekt und baue allen Menschen ihr Zuhause!" Sie strahlt bei dieser Vorstellung und sieht aufgeregt ihren Papa an. Beinahe erschrocken schließt Lissi ihren Mund. In Papas Gesicht sieht sie nichts als Bestürzung. Sie merkt, dass seine Lippen zittern. „Ja, mein Schatz!" Seine Stimme klingt wirklich anders als sonst. Angestrengt. Belegt. „Das ist eine wundervolle Idee!" Auch ihre Mama drückt ganz fest ihre Hand. „Das wirst du, meine kleine Lissi. Das wirst du!" Sie sieht jetzt ihre Mama an. Diesmal ist sie fast sicher, dass ihre Augen mit Tränen gefüllt sind. Aber sie lacht Lissi an und ist beinahe so fröhlich wie gestern am Strand. Die gesammelten Sommersprossen auf ihrer Nase wirken etwas blasser. Aber sie haben doch so viel Spaß. Lissi konzentriert sich wieder auf das Auf und Ab. Auf das Hin und Her. Das Ruckeln und Schütteln. Es macht ihr so viel Freude.

„Ladies and Gentlemen, this is your captain speaking ...", eine blecherne Stimme erklingt. Lissi weiß schon, was „Ladies and Gentlemen" bedeutet, nämlich „Sehr geehrte Damen und Herren!". Das sagt ihre Mama immer, wenn sie ihre Ansprachen übt. Die Stimme spricht also Englisch, den Rest kann sie leider nicht verstehen. Sie will ihrem Papa zeigen, wie schlau sie schon ist. „Das ist Englisch, gell Papa!"

„Pssscht." Er drückt ihre Hand eine Spur zu fest, legt den Finger auf seine weißen, zitternden Lippen. „Lass mich zuhören!" Lissi ist erschrocken. Normal ist Papa nie grob zu ihr. Sie sieht nach links zu ihrer Mama. Diese hat die Augen geschlossen und scheint angestrengt der Stimme zu lauschen. Lissi schluckt ihre Tränen hinunter. Sie ist ein großes Mädchen. Das hat Papa vorhin so gesagt. Deswegen wird ihr heute auch endlich der lang ersehnte Wunsch erfüllt. Bis jetzt war sie dafür entweder zu jung, zu klein oder zu leicht gewesen. Doch heute hatten Mama und Papa ihr begeistert ins Ohr geflüstert „Lissi, jetzt ist es so weit. Wir fahren heute mit dir Achterbahn. Rauf und runter, links und rechts. Spürst du das? Ist das nicht aufregend?!" Ja, es ist aufregend und es macht ihr richtig Spaß, das Kribbeln im Bauch zu spüren. Es ist ein wunderbarer Abschluss dieses schönen Sommerurlaubs. Dennoch. Irgendetwas stimmt nicht so recht. Und Lissi weiß nicht genau, was es ist. Ihre Mama und ihr Papa sind einfach anders als sonst. Vielleicht fahren sie doch nicht so gerne Achterbahn, wie Lissi immer gedacht hat. Dabei ist es doch bestimmt das Lustigste, was man als Erwachsener machen kann.

Plötzlich ertönt ein langer, lauter Pfeifton. Ein Knacken und Rauschen. Lissi erschrickt. Versteht nicht. Doch da spürt sie wieder die sichere Wärme der sie festhaltenden Hände. Papa zieht ihren Gurt noch ein Stück fester. Solange Mama und Papa hier sind, ist alles gut. Sie lachen Lissi an. Strahlen sie an. „So ein Spaß ist das in der Flugzeug-Achterbahn!" Papa schwingt ihre Hand nach oben und nach unten, hin und her. „Wie ein kleiner Wirbelwind düst du heute durch die Luft, ist das nicht toll?!" Mama ist außer sich vor Freude. Es macht ihnen genauso viel Spaß wie ihr selbst. Lissi fühlt sich wieder beruhigt und traut sich nun endlich zu jauchzen. Es ist das pure Vergnügen, das ihr in Jubellauten von den Lippen perlt. Rechts sitzt Papa. Links sitzt Mama. Es ist alles, wie es sein soll.

***

Er sieht, wie verzweifelt seine Frau versucht, die blanke Angst zu verbergen. Ihre sonst so strahlend blauen Augen versinken jetzt in einem eintönigen grauen Farbton. Das Einzige, was in dieser Situation noch zählt, ist Lissi davor zu bewahren, zu verstehen. Sie darf nicht ahnen, was nun unweigerlich auf sie alle zukommt. Kann ein Kind das überhaupt verstehen? Er drückt die Hand seiner Tochter so fest, wie es ihm nur möglich ist. Sieht ihre gebräunten Finger in seiner Hand. Versucht sich jede erlebte Minute, jede Erinnerung an das Leben, das ihn doch bisher nur belohnt hat, heraufzubeschwören. Sie haben das Schöne erlebt. Das Gute am Leben kosten dürfen. Das Bedürfnis zu weinen sitzt tief in seiner Brust. Weinen oder schreien oder einfach gar nicht mehr denken. Alles kommt auf einmal in ihm hoch. Aber er kann sich zusammenreißen. Für sie. Für sein Kind. Ein Gedanke wie ein stechender Schmerz lässt ihn in sich einsinken. Für seine Kinder. Das Kind, das er nie kennenlernen wird. Die Gedanken beginnen zu kreisen, wirbeln durcheinander, verknoten und verwirren sich zu einem sengenden Stechen in seinem Kopf. Hilfesuchend findet er den Blick seiner Frau. Saugt den Anblick ihrer von Natur aus geschwungenen Wimpern in sich auf. Erinnert sich unweigerlich an ihre erste Begegnung. Mit ihrer rechten Hand hält sie die kleinen Finger ihrer Tochter fest verschlossen, die andere ruht auf ihrem Bauch. Sie ist jetzt angekommen. Er sieht, dass sie akzeptiert hat. Sie lächelt ihn an. Ihre Lippen formen sich zu Worten. Kurz verweilen seine Augen auf dieser einen eckigen Sommersprosse neben ihrem rechten Mundwinkel. Sie strahlt eine kräftigende Ruhe aus. Ihr Kopf zuckt beinahe unmerklich in Richtung ihres kleinen Mädchens. „Sei stark. Für sie." Er nimmt ihre Worte mehr wahr, als dass er sie hört. Er weiß, dass er jetzt gefasst bleiben kann. Für sein eigenes Kind kann man alles schaffen, alles tun. Er nickt seiner Frau still zu. Sie sehen sich fest in die Augen. Mit diesem Blick ist alles gesagt, was sie sich jetzt zu sagen haben. Er sieht nur noch seine Familie. Atmet tief ein und wieder aus, bevor er seine kleine Tochter, die er so unendlich liebt, anstrahlt und mit seiner festen Stimme sagt: „So ein Spaß ist das in der Flugzeug-Achterbahn!"

Marielies Schmid
In Graz geboren, lebt sie nun in Wien, wo sie das Bachelor-Studium der Internationalen Betriebswirtschaft und das Master-Studium Management an der Wirtschaftsuniversität Wien absolvierte. Beruflich ist sie seit einigen Jahren im Projektmanagement im Sozialwesen tätig. Die Leidenschaft des Schreibens und Lesens begleitet sie bereits seit ihrer Kindheit. „Für sie" wählte das Publikum des Mölltaler Geschichten Festivals auf den 2. Platz.

ROLLING STONES

RAINER GUZEK

Sie zog ihr Seidenkleid von Liebeskind über den Kopf. Der glatte Stoff streichelte ihre Haut, rutschte entlang der Brust, bremste an Bauch und Hüfte und schwang nach unten hin fröhlich aus. Drei Knöpfe blieben offen. Zum knallroten Satin hatte sie eine giftgrüne Strumpfhose mit Hahnentrittmuster und Ugly-Sneakern kombiniert. Alles zusammen bildete ein schrilles Outfit, an der Grenze zu Laut. Dafür nur ein dezentes Make-up – lediglich das Oval der Lippen bemalte sie mit Can Can Mango, inspiriert von der Schale mit frischen Südfrüchten auf dem Esstisch.

Ihr abschließender Schulterblick sah nichts, was störte, was sie nicht schon kannte und auf die Schnelle hätte verbessern können. Flink knipste sie mit dem Handy ein Kussfoto für die Mutter und fügte an: „Treffe mich zum Shoppen mit den Mädels und bleibe vielleicht über Nacht!" Peinlich, dass sie sich nicht traute, die Wahrheit zu sagen, von ihrer Exmatrikulation und dass sie die Erste in der Familie ohne fertiges Medizinstudium sein würde. Verhungern musste sie keinesfalls, sie hatte einen Job gefunden – wenn auch nicht gerade als Bloggerin oder Influencerin für Fashion, Beauty und Style. Einen Moment zögerte sie und drückte dann doch die Sendetaste. Die Fahrt mit der Schienen-Regio zwischen Lübeck und Scharbeutz an der Ostsee dauerte für gewöhnlich dreißig Minuten – wenn nicht ein Baum umgefallen war, Gleisarbeiten keinen Aufschub zuließen oder sich eine arme Seele das Leben nahm, was wiederum dazu führte, dass der Schaffner über die Lautsprecher plötzliche Baum- oder Gleisarbeiten ankündigte.

Ein schriller Pfiff, und der Koloss setzte sich gemächlich in Bewegung. Es begann zu regnen. Die Tropfen trommelten heftig gegen die Scheibe der anfahrenden Bahn, als wollten sie noch schnell zusteigen. Genug Platz wäre gewesen, denn es saßen nur noch drei weitere Reisende im Abteil: Zwei schlaksige junge

Männer, Studenten vielleicht, und ein Typ in einer Bomberjacke, der emsig mit einem Stift in einer Zeitschrift schrieb. Auffallend, der Kontrast seiner Haare. Auf dem Kopf waren sie schwarz und der volle Gesichtsbart rot. Ein Gendefekt. Sicherlich. Dass einer von denen ihr Kunde sein könnte, schloss sie aus, denn sie hatte sich auf die Vierzig- bis Sechzigjährigen spezialisiert. Männer im gehobenen Dienst, Inhaber großer Firmen, Familienväter – die meisten mit Geld, für die Diskretion an vorderster Stelle stand. Nicht selten luden die Sugardaddys, wie ihr Exfreund neulich auf einer Party verletzend nachtrat, im Anschluss an die getane Arbeit zum Essen ein. In eines der zahlreichen wirklich guten Restaurants entlang der Uferpromenade zwischen Haffkrug und Timmendorfer Strand – am trefflichsten schmeckte es ihr in der Schmilinskyallee im Schweiger's.

Der Zugführer verringerte die Geschwindigkeit und ließ die Lok mit ihren drei Wagons in die kleine Bahnhofshalle zuckeln. Während die anderen Passagiere sich an der nächstgelegenen Tür postierten, zog sie ihre leichte Daunenjacke über und wartete geduldig auf ihrem Platz. Sie trat als Letzte auf den Bahnsteig, sog die frische Meeresluft ein und schmeckte den Salzgehalt. Wie so häufig schien hier die Sonne. Die Bahnhofsuhr meldete, dass es sich lohnte, zum Treffpunkt zu gehen.

Zehn Minuten später zeigte sie dem Kontrolleur am Zugang zum Freizeitpark Hanseatenland ihre Dauerkarte. Er winkte und ließ sie passieren. Sie schlenderte ins Abenteuergebirge und blieb vor einem der kleineren Fahrgeschäfte stehen. Gold Rush hieß es und war keine dieser Thrill-Bahnen und auch nicht der Publikumsmagnet, aber eine solide Achterbahn mit häufigen Richtungswechseln.

„Ich bin mir nicht sicher, aber sind wir beide miteinander verabredet?" Ein schlanker Mann, Anfang fünfzig, mit sorgfältig ausgeführtem Fassonschnitt und lustigen Falten um die Augen sprach sie an und lächelte. Er trug Jeans und eine sportliche Lederjacke. Wenigstens würde er ihr keine blauen Flecken machen, dafür brachte er nicht genug auf die Waage.

„Wie haben Sie mich so schnell erkannt?" Sie zog die Brauen hoch.

„Ich habe mir die Website der Agentur angesehen und mit Ihrem Chef gesprochen. Man sagte mir, wir müssen uns nicht besonders vorstellen – Sie verstehen?"

„Okay, dann kommen wir eben sofort zur Sache. Den Krankenkassenausweis zuerst."

„Wie bitte? Ich dachte, ich bezahle hinterher?"

„Das schon, aber heute beginnt versicherungstechnisch gesehen ein neues Quartal und im weitesten Sinne handelt es sich bei unserem Treffen ja um eine medizinische Behandlung." Sie kramte in ihrer Tasche nach dem mobilen Lesegerät. „Vorschrift!"

„Na dann." Er gab ihr die Chipkarte weiter und wartete. „Ich weiß nicht, ob ich mich traue? Sind Sie sicher, dass es funktionieren wird?"

„Die Erfolgsquote liegt bei achtundneunzig Prozent. Sind Sie in ihrem Beruf besser?" Wenn er jetzt nicht mitzog, hatte sie nichts verdient – leider zahlte die Kasse kein Fixum.

„Wollen wir vorher noch eine Portion Pommes essen gehen?", fragte er zögerlich.

„Soll ich mich nachher in Ihren Schoß übergeben?" Sie spürte seine Unsicherheit. „Wir könnten ‚du' zueinander sagen?"

„Meinetwegen."

„Dann gib mir eine Hand, damit wir zusammenbleiben."

Die Schlange vor der Achterbahn war kurz. Nachmittags, zwei Stunden vor Schließung des Parks und außerhalb der Schulferien ging es zügig voran. Ein paar Mal konnten sie beobachten, wie die Loren durch die Kulisse eines Goldgräbercamps knatterten. Die schrillen Schreie der Passagiere hallten bei den Abfahrten, sodass es in den Ohren schmerzte. Die nächste Runde war ihre – schnell winkte sie eine Gruppe drängelnder Jugendlicher durch.

„Wir müssen unbedingt in Wagen sieben, den vorletzten", erklärte sie ihrem Schützling.

Der Zug hielt. Die Überrollbügel lösten sich. Alle Passagiere stiegen aus. Der Security-Mitarbeiter gab den Weg frei und wie sie es abgezählt hatte, konnten sie in der zweiten Gondel von hinten Platz nehmen. Das Sicherheitspersonal verankerte die Verriegelung und kontrollierte den festen Sitz der Stahlrohre, die gegen ihren Bauch drückten. Ein ordentlicher Ruck löste die ersten Schreie aus. Und ihr Kunde? Er zeigte keine Regung.

Der Führungswagen erklomm langsam, aber stetig die Steigung und zog die anderen mit. Am höchsten Punkt konnte man weit über das Meer schauen, wenn man denn die Nerven dazu hatte und die Zeit ausreichte. Plötzlich beschleunigte der Rollercoaster in zweieinhalb Sekunden auf hundert und zischte im freien Fall senkrecht in den Abgrund. Ihr Gehirn stand Kopf und bereute, dass sie es schon wieder gewagt hatte. Gegen den fiesen Looping half die Wirkung einer vor Stunden eingeworfenen Reisetablette. In der Steilkurve bekamen die ausgeschütteten Hormone endlich Oberhand. Zwei rasch aufeinanderfolgende Rechts-links-Passagen ließen ihre Knochen in die harten Polster krachen und pressten ihr die Luft aus der Lunge. Der Bremspunkt nahte, das Schreien der anderen verstummte: Sie würde sich nie daran gewöhnen.

Ihr Begleiter verließ als Erster den Sitz.

„Wie herrlich Karussellfahren ist", sagte er mehr zu sich selbst, „ich gehe mal schnell zur Toilette."

Kaum war er in dem nahgelegenen Flachbau mit den Sanitäranlagen verschwunden, hörte sie seinen Jubelschrei, als feierte er einen Lottogewinn. Ein paar Passanten schauten sich irritiert um, doch nur sie wusste, worum es ging … was ein amerikanischer Arzt nach einem Besuch im Disneyland entdeckt und wissenschaftlich belegt hatte, hatte auch bei ihm funktioniert: Er konnte nach einer Runde mit der Achterbahn einen losgerüttelten Nierenstein ausscheiden.

„Später werde ich meine Mutter anrufen", dachte sie. „Sie sollte endlich wissen, dass ich für einen Urologen arbeite".

Rainer Guzek
Der ehemalige Kraftfahrzeugmechaniker aus Hamburg wechselte zur Bundeswehr, dann in die Finanzbranche. Aus Spaß am Schreiben verfasste er Berichte für regionale Zeitungen und moderierte das Radio Bergedorf 96,0. Dann gründete er sein eigenes Unternehmen in der Immobilienbetreuung und erzählt jetzt im „www.einhausblog.de" von seinen Erlebnissen mit Mietern, Maklern, Wohnungsbesitzern oder Hausverwaltungen. Daneben schreibt er Krimis: „Last Minute Morde I – Zum Sterben ist es nie zu spät" ist der erste Teil einer Serie.

IM NAMEN DER ELSTER

ANNA FERCHER

Mit geschlossenen Lidern, fest zusammengepressten Zähnen und bleichen, um die schlotternden Knie geschlungenen Armen hockte Hanna im Dunkeln und zählte: Eins, zwei, drei …bis zehn, dann wusste sie nicht mehr weiter, fing von vorne an, schaffte es diesmal bis sechsunddreißig, ehe die Angst sie von Neuem packte und lähmte. Sie würden sie retten, da war sie sich sicher. Ihre Brüder würden sie finden, sie nicht einfach so zurücklassen, niemals. Sie würden zurückkommen.

Doch sie kamen nicht. Der Hunger wühlte sich längst durch ihre Eingeweide, die sich wanden, als wolle ihr Magen mit seinem Knurren das wütende Bellen der Bomben übertönen. Sie kamen nicht. Ihre Haut war längst so kalt wie die Kellerwand, an der sie lehnte. In der Finsternis konnte sie die eine von der anderen kaum noch unterscheiden. Sie kamen nicht. Zum Weinen war sie längst zu erschöpft, die Augen konnte sie kaum noch offenhalten und doch gelang es ihr nicht, sich in den Schlaf zu flüchten. Das Bellen ließ es nicht zu, das ununterbrochene Sirren und Beben, das Knattern, die Schreie, die Stille. Sie konnte nicht schlafen, zu hartnäckig fraßen sie Kälte und Hunger. Sie durfte nicht schlafen. Jeden Moment könnten sie da sein, sie abzuholen, die Luke zu öffnen, mit ihr zu fliehen. Ja, sie würden bald da sein.

Als ihre Betreuerin sie fand, im hintersten Winkel der kleinsten Abstellkammer des Heims, wo sie sich mit geschlossenen Augen zwischen Besen, Eimern und Putzmitteln gegen die Wand presste und versuchte, möglichst flach zu atmen, reagierte sie erst nicht auf die warmen Hände, die ihre bebenden Schultern berührten, nicht auf die sanften Worte. Erst als Hanna spürte, dass die andere von ihr abgerückt war, ließ sie sich von ihrer Stimme aus dem Rübenkeller helfen. Sie wusste, es war Zeit.

Zeit hatte nie eine Rolle gespielt, wenn sie mit der Herde unterwegs gewesen war. Die Schafe und Ziegen hatten sich längst an Hannas Anwesenheit gewöhnt. Sie war eine von ihnen gewesen. So verfilzt war ihr schwarzes Haar, dass der Vater sie bei ihrer Rückkehr jedes Mal unter den Tieren zu suchen vorgegeben hatte. Stets hatte er sie dann durchgekitzelt, wenn sie sich mit wütend vor der Brust verschränkten Ärmchen vor ihm aufgebaut und mit dem Fuß aufgestampft hatte. Anfangs hatte sie es gehasst, mit den Tieren verglichen zu werden, doch bald hatte sie Gefallen an diesem kleinen Ritual gefunden, hatte sich bisweilen unterwegs mit Lehm eingeschmiert, ihr Haar besonders wild verstrubbelt und die wildesten Grimassen geschnitten, um es dem Vater besonders schwer zu machen. Die Mutter hatte nur den Kopf geschüttelt, jedes Mal, dem Vater einen tadelnden Blick zugeworfen, Hanna an der Hand genommen und sie zum Waschtrog geführt. Der Hund hatte leise gewinselt, die Katze gefaucht. Alles war gut gewesen, alles gut.

Vor dem Gerichtssaal hatte sich bereits eine Menschenmenge versammelt. Das Blitzen zahlreicher Kameras zwang Hanna dazu, die Augen zu schließen. Sie wollte niemanden mehr sehen, ließ sich von ihrer Betreuerin durch die Schaulustigen hindurchführen, die ihr nachschrien, sie beschimpften, verfluchten. Hanna sperrte sie aus. Sie würden es nie verstehen. Sie verstand es ja selbst nicht, würde am liebsten einfach zum nächsten Fenster hinausstürzen, die Flügel ausbreiten und davonfliegen, immer höher, immer weiter, bis sich das Einzelne im Ganzen verlor.

Es war stickig hier drin, so unerträglich erdrückend, dass sie es nicht aushielt, ohne das Fenster zu öffnen. Durch die halb geschlossenen Jalousien hindurch konnte sie auf die Straße sehen. Es schien alles in Ordnung zu sein. Sie musste sich nicht beeilen, sich nicht fürchten. Schließlich war das nicht ihr erstes Mal. Ohne Eile bediente sie sich aus dem Kühlschrank, nahm Wurst und Käse heraus, bestrich ein Stück abgerissenes Brot dick mit Butter und aß, viel zu schnell, als dass sie es hätte genießen können. Dann schritt sie die Wohnung systematisch ab, schaute in jede Truhe, in jede Lade und stieß schließlich in einem Kasten zwischen zwei kaum getragenen, zerknitterten Hemden auf ein kleines Schmuckkästchen. Es schimmerte dunkelblau und war mit silbernen Schwalben verziert. Als Hanna es öffnete, fand sie es leer vor. Behutsam griff sie in ihre mitgebrachte Umhängetasche und holte einen kleinen Gegenstand heraus, eine Porzellanfigur in Form eines Tigers, die sie im Kästchen platzierte, bevor sie es wieder verschloss und zurücklegte. Nun drängte es sie, zu gehen. Sie warf keinen Blick zurück, kletterte ungerührt aus dem Fenster, durch das sie eingestiegen war, ließ sich auf die Straße fallen, verharrte kurz in der Hocke, richtete sich auf. Dann begann sie zu laufen.

Natürlich hatte sie etwas aus der Wohnung mitgenommen. Einen kleinen Handspiegel, offensichtlich unbenutzt, da noch in Schutzfolie verpackt. Er lag vor ihr auf einem kleinen Tisch, so unbedeutend und frei von Wert, dass selbst ein paar Schaulustige in den hintersten Reihen des Gerichtssaals zweifelnd die Köpfe schüttelten. Doch es ging nicht um den Spiegel, nicht um die Porzellanfigur, genauso wenig um die Brosche oder das Eichenblatt. Das Fehlen dieser Gegenstände war ihren Besitzern kaum aufgefallen, noch weniger als deren Auftauchen in fremden Lebenswelten.

Der Richter starrte Hanna unverwandt fragend an, Hanna, die gerade erst sechzehn geworden war, auch wenn sie älter aussah, Hanna mit den Ziegenhaaren, Hanna mit dem Kellerblick. Hanna, die unbemerkt über die Grenze geschlüpft war, als auch das Überleben unmöglich geworden war, geschweige denn das Leben. Hanna, die seit über einem Jahr in fremde Wohnungen einstieg, ihren ärgsten Hunger stillte, etwas mitnahm, dessen Vernachlässigung zu offensichtlich war, um es zu ignorieren, jedoch nie, ohne nicht gleichzeitig etwas anderes zurückzulassen.

Es war ein Unfall gewesen, ein trauriger Unfall. In einem Moment war da noch nichts gewesen und dann sie. Es hätte gar nicht anders ausgehen können. Warum hatte sie auch gerade auf der Stiege stehen müssen, die Frau, die vom Leben bereits so sehr vergessen worden war, dass Hanna ihre Anwesenheit nicht gleich bemerkt hatte? Die Wohnung hatte leer gewirkt, so leer und unbewohnt. Sie hatte noch einen Arm ausgestreckt, die andere greifen wollen, die getaumelt war, mit einem Schrei nach hinten gefallen. Hanna war ihr nachgesprungen, hatte gerade noch ihre Fingerspitzen gestreift, dann ein plumpes Fallgeräusch, ein Knacken, Stille.

„Warum?", fragte der Richter zum wiederholten Male, hielt die Taschenuhr hoch, die sie an jenem Tag gegen eine Haarsträhne eingetauscht hatte, doch

Hanna schwieg, schloss fest die Augen. Die Zuseher hatten längst ein Urteil gefällt, aufgestachelt von den Zeitungen, die in ihren Schlagzeilen vom Tauschenden Zigeunermädchen sprachen, von der Diebischen Elster, der Skrupellosen Mörderin. Während sie urteilten, beobachtete sich Hanna dabei, wie sie an jedem Ort, den sie früher auf ihren Reisen für kurze Zeit zu ihrer Heimat gemacht hatte, etwas von sich selbst zurückließ, um nicht zu vergessen, nicht vergessen zu werden. Und doch hatte man sie vergessen, vergaß sie noch immer, blickte, ihr ins Auge schauend, weiterhin geradewegs durch sie hindurch. Niemand konnte sie sehen.

Hanna nahm kaum wahr, wie man sie aus dem Gerichtssaal führte, bemerkte das entschuldigende Schulterzucken ihrer Verteidigerin nicht, den verunsicherten Blick des Privatermittlers, der ihr auf die Spur gekommen war. Sie kam zurück von der Weide, lief den Schafen voraus, den Ziegen hinterher, wuschelte lachend durch ihr Haar und hielt abrupt inne, als sie den Wagen sah, Tür und Fenster sperrangelweit offen, kein Licht, kein Lachen. Sie trat näher heran, spürte die Leere, noch ehe sie eingetreten war. Sie waren fort, alle beide, einfach nicht mehr da, nicht für eine Stunde, nicht für einen Tag, jetzt in diesem Moment und in allen, die noch folgen sollten. Sie fehlten.

Der Hunger hatte sie in die Stadt getrieben, die Stadt, in der sie Brüder gefunden hatte. Und doch kamen sie nicht, als sie in der Schwärze saß und wartete. Sie kamen nicht, als das Gebäude über ihr in sich zusammenfiel, sie unter sich begrub. Sie kamen nicht, als die ersten Flammen durch die Luke leckten, ihr das Augenlicht schenkten und dabei die Haut verbrannten. Sie kamen nicht. Sie fehlten.

Anna Fercher
Die Autorin, schon vom Anfang des Mölltaler Geschichten Festivals an dabei, ist in Lainach im Mölltal aufgewachsen, wo ihre Kindheit durch den Bauernhof des Onkels und die Liebe zu Büchern und Vergangenem geprägt war. Nun studiert sie Klassische und Provinzialrömische Archäologie und Germanistik in Graz. Ihre lyrischen Geschichten findet man in fast jedem Buch des Festivals. Diese wurde auf den 3. Platz des Mölltaler Preises gewählt.

FALSCH

SEBASTIAN WOTSCHKE

Es war weniger der körperliche Schmerz als vielmehr das unvermittelte Eingreifen seines Vaters, das den fünfjährigen Maximilian im Grunde dazu nötigte, einen ohrenbetäubenden Wutausbruch zu bekommen. Unachtsam riss Fred seinen Sohn, der sich mit Händen und Füßen zu wehren versuchte, von der Eisfläche und trug ihn, fest unter den rechten Arm geklemmt, davon.

„Was machst du denn da?", rief Freds Frau Patricia, nur ein paar Meter vom Unfallort entfernt.

„Wir fahren nach Hause", erwiderte Fred störrisch.

„Hast du vollkommen den Verstand verloren?"

Fred antwortete ihr nicht. Er war von vornherein dagegen gewesen, seinen freien Nachmittag damit zu verbringen, auf dem zugefrorenen Bohrensee Schlittschuh zu laufen. Seit Monaten befiel ihn in der Nähe dieses Gewässers ein tiefes Unbehagen, was einzig und allein seiner Mutter Laura geschuldet war. Laura war im letzten Sommer an den Folgen einer schweren Altersdemenz verstorben. Die skurrilsten Geschichten waren ihr über die Lippen gekommen, bis die Krankheit ihr eines Tages darüber hinaus die Fähigkeit nahm, nahestehende Angehörige wiederzuerkennen. Selbst ihren Adoptivsohn René.

„Wer ist das? Ich kenne diesen Mann nicht", sagte Laura einmal, während einer ihrer immer seltener gewordenen, redseligen Momente.

„Aber, Mutter", entgegnete Fred, der von Laura als Einziger bis zu ihrem Tod wahrgenommen wurde. „Das ist dein Sohn. René. Das weißt du doch."

„Das ist nicht René." Verblüffend präzise und mit scheinbar wachem Verstand versicherte sie ihm, dass René mit neun Jahren gestorben sei. „Er ist ins Eis eingebrochen. Im Bohrensee. Du sollest damals auf ihn aufpassen."

„Red' nicht so einen Unsinn!", konterte Fred. „Das ist nie passiert."

113

„Lass sie einfach in Ruhe", mischte sich René ein. „Sie durchschaut ja gar nicht mehr, was um sie herum geschieht."

Selbstverständlich war Renés beherrschtes Auftreten reine Fassade. Fred konnte sich denken, wie enttäuscht er in Wahrheit gewesen sein musste. Die Tatsache, dass René im Gegensatz zu Fred adoptiert war und er aufgrund seiner afrikanischen Herkunft nicht in diese Familie passte – nach der fundierten Meinung ihrer Nachbarn –, ließ ihn sich schon immer wie das sprichwörtliche schwarze Schaf fühlen.

„Max hat nur mit seinen Freunden gespielt", sagte Patricia mit gedämpfter Stimme, als sie in ihrer Familienkutsche, einem Audi A4 Kombi, nach Hause fuhren. „Er ist hingefallen. Weiter nichts."

Fred trug den mittlerweile gefassten Maximilian mit Leichtigkeit hinauf in ihre Wohnung, wo sie ausgerechnet René lässig auf der Couch sitzend im Wohnzimmer vorfanden. Patricia ging ohne Umwege ins Badezimmer, um Maximilians pausbackiges Gesicht vom angesammelten Schmutz des Tages zu befreien.

„Ich habe mich selbst reingelassen", sagte René mit diesem schlitzohrigen Lächeln, beide Hände fest an ein Fotoalbum geklammert.

Fred wies auf eine geöffnete Flasche Bier hin, die vor René auf dem Tisch stand. „Wie ich sehe, fühlst du dich bereits ganz wie zu Hause."

„Ich war sicher, dass du mir sowieso eins anbieten würdest, gastfreundlich, wie du bist", frotzelte René, der nicht viel Zeit verstreichen ließ, um den Grund seines unangekündigten Besuches zu offenbaren. „Bei der Haushaltsauflösung unserer Mutter war ich damit einverstanden, dass du Papas Pfeifensammlung bekommst, solange ich die Fotoalben mitnehmen darf."

Daher weht der Wind, dachte Fred. René fühlt sich wieder einmal ungerecht behandelt und fordert etwas ein, was ihm nicht gehört. Aber darum ging es nicht. René drückte ihm das schmutzige, an manchen Stellen verklebte Album in die Hand. Fred überflog die verblichenen Fotos eines mehr als dreißig Jahre alten Familienausflugs in den Gelessinger Vergnügungspark, auf denen er zu sehen war, wie er mit verkleideten Mitarbeitern posierte, Zuckerwatte aß oder in der Schlange irgendeiner Attraktion wartete. Auf der letzten Seite entdeckte er eine Aufnahme, die ihn vollkommen allein im Wagen einer Achterbahn zeigte, der mit einem Affenzahn einen Looping hinuntersauste. Anhand des Blue-Lightning-Roller-Coaster-Schriftzugs erkannte Fred, dass dieses Bild mit einer automatisch auslösenden Kamera des Parks aufgenommen worden war.

„Was ist mit dem letzten Foto?", wollte René wissen. „Was siehst du da?"

„Na, ich sehe mich, wie ich alleine in einer Achterbahn sitze."

„Und das findest du nicht ungewöhnlich?"

Nicht unbedingt, dachte Fred. Ihre Eltern haben von solchen Fahrgeschäften nichts gehalten und René musste öfters aufgrund regelmäßiger Migräneanfälle aussetzen. »Wahrscheinlich hast du einfach etwas anderes unternommen", antwortete er.

„Logisch", stimmte René zu. „Da die Achterbahn in diesem Sommer schließen musste."

„Was?"

„Wegen Wartungsarbeiten", ergänzte er. „Kannst du dich nicht erinnern?"

„Nein, ich … Bist du dir sicher?"

„Es kommt mir so vor, als wäre es gestern gewesen. Wir beide waren furchtbar enttäuscht, weil wir unbedingt damit fahren wollten." Nach einer kurzen Pause setzte er fort: „Und sonst? Was siehst du noch auf diesen Fotos?"

Fred stöhnte auf. „Willst du mir nicht einfach sagen, was dir auf dem Herzen liegt?"

René wies ihn darauf hin, dass sowohl er als auch ihre Eltern auf den Fotos nachdenklich wirkten. Irgendwie traurig. „Und da ist noch was …"

„Bitte, Bruderherz. Klär mich auf!"

„Sie sind nicht richtig. Die Fotos. Sie stimmen nicht. Als hätte die jemand manipuliert."

„Was zum Teufel redest du da?"

„Ich bin nicht sonderlich überrascht darüber, dass es dir nicht auffällt", sagte René abgeklärt und gleichzeitig enttäuscht. „Ich bin im Gegensatz zu dir auf keiner einzigen Aufnahme abgebildet."

Fred sah sich die Fotos ein zweites Mal sorgfältig an. Und tatsächlich: Auf jedem Bild waren entweder er oder seine Eltern zu sehen. Niemals sein Bruder. Doch auch da bemühte sich Fred, eine natürliche Erklärung zu finden.

„Tja, du wirst vermutlich derjenige gewesen sein, der die Fotos gemacht hat. Da!" Fred zeigte ihm ein Bild, auf dem man sah, wie er von seinen Eltern getragen wurde. „Wer außer dir sollte das geschossen haben?"

„Der Winkel ist viel zu hoch. Das war nicht ich, sondern dieser komische Kerl mit den verfilzten Haaren, der jeden Satz mit ‚Ey du' angefangen hat. Über den haben wir uns die ganze Heimfahrt über lustig gemacht."

Fred war nicht bereit, die ungewöhnliche Begeisterung, oder wie auch immer man das nennen wollte, zu teilen, die sein Bruder für diese angeblich manipulierten Fotos aufbrachte, und seinen Vorschlag, mit ihm gemeinsam dorthin zu fahren, um der Sache auf den Grund zu gehen, schmetterte er mit unglaubhaften Ausreden ab. Renés Enttäuschung darüber konnte er schwerlich übersehen, aber Fred hatte es satt, sich mit solchen Absonderlichkeiten zu beschäftigen. Die letzten Monate mit seiner Mutter waren die Hölle gewesen und sie nagten noch immer unablässig an seinen Nerven. Doch wenn ihm diese Zeit schon dermaßen viel Kraft und Energie kostete, wie musste sich da erst sein Bruder fühlen, den die Frau, die ihn großzog und die stets für ihn da war, von einem auf den anderen Tag nicht mehr zu erkennen vermochte? Wenngleich ihn offenkundig keine Schuld traf, fühlte sich Fred auf eine unerklärbare Weise dafür verantwortlich. Es würde ihn wohl kaum umbringen, nach so vielen Jahren mal wieder einen Tag allein mit René zu verbringen. Und seine Frau, so dachte er, war vermutlich froh, diesen unberechenbaren Trauerkloß für eine Weile aus dem Haus zu haben.

Am darauffolgenden Tag fuhren die Brüder bereits Richtung Gelessingen, um den Vergnügungspark aus Kindheitstagen aufzusuchen. Nach wenigen

Minuten allerdings bereute Fred bereits diesen Entschluss. Sein ganzes Leben lang hatte René ihn in Schwierigkeiten gebracht. Ständig sollte er auf ihn aufpassen oder ihn vor irgendwelchen Arschlöchern beschützen, die ihm wegen seiner Hautfarbe ans Leder wollten. Damals hatte er nicht verstehen können, warum er aus heiterem Himmel ein Zimmer mit diesem fremden Jungen teilen musste. Weshalb seine Eltern noch ein weiteres Kind bei sich aufnahmen, obwohl sie doch schon längst ein richtiges zu Hause hatten.

Sobald sie den Park erreichten, war sich Fred sicher, dass dieser Ausflug die pure Verschwendung von Lebenszeit bedeuten würde. Am Ticketschalter jedoch erlangte ein Foto ihre Aufmerksamkeit, das – neben Bildern von meist übermütig erscheinenden Jugendlichen – an einer Wand mit dem in großen, schwarzen Buchstaben geschriebenen Wort *Hausverbot* hing. Das Foto einer älteren Frau. Ihrer Mutter.

„Oh, das weiß ich noch ganz genau«, antwortete die Kassiererin, als sich Fred nach dem Bild erkundigte. »Das war vor drei Jahren. An dem Tag begann meine erste Schicht und ich hätte am liebsten gleich wieder gekündigt. Diese alte Spinnerin ist komplett durchgedreht. Stieg aus der Achterbahn und schrie: Es ist falsch."

„Es ist falsch?", wiederholte Fred, um sich zu vergewissern.

„Ja, immer wieder. Mit vier Mann musste man sie hier rausschaffen. Die hat allen Besuchern eine Heidenangst eingejagt."

Ausgeschlossen, diese Auskunft rational wie emotional einzuordnen, durchquerten Fred und sein Bruder trübsinnig einen reizlosen, schlecht besuchten Vergnügungspark, dessen goldene Zeiten lange zurücklagen. Am Ende standen sie vor der nicht mehr zeitgemäß wirkenden Stahlachterbahn, die vor so vielen Jahren nach Renés Aussage aufgrund von Reparaturarbeiten geschlossen worden war, nun aber für die wenigen Gäste ohne Einschränkungen zugänglich war. Einem erwartungsvollen Kind gleich ergriff René Freds linke Hand. Die beiden betraten den vordersten Wagen und nahmen im ersten Doppelsitz Platz. Unbeeindruckt ließen sie die Kurven und Abfahrten über sich ergehen. Erst als sie kurz davor waren, den Looping zu erreichen, fiel Fred auf, wie sein Bruder sichtlich nervös wurde.

„Ich will hier raus!", brüllte René aus heiterem Himmel, während er mit allen Mitteln versuchte, sich aus dem Sitz zu befreien.

„Bist du wahnsinnig?", fragte Fred entgeistert.

„Es ist falsch!", schrie René, nachdem sein Blick etwas an der Spitze des Loopings zu fixieren schien. „Es ist falsch!"

Bei diesen Worten stand Fred der kalte Schweiß auf der Stirn. Ein plötzlicher, gleißend heller Blitz zwang ihn dazu, die Augen zu schließen. Ängstlich krallte er sich an dem Sicherheitsbügel fest und spürte eine zarte, ihm vertraut vorkommende Berührung an der rechten Hand. Bewegungslos, als würde die Zeit stillstehen, verharrte der Wagen am höchsten Punkt des Loopings. Fred öffnete vorsichtig die Augen und starrte fassungslos in das Gesicht seiner Mutter, die ruhig neben ihm saß und seine Hand hielt.

„Es war nicht deine Schuld", flüsterte sie. Ihr Erscheinungsbild, zwar vom Alter gezeichnet, wies keine Spuren der jahrelangen Demenz auf. Kaum hatte sie ihren Satz beendet, beschleunigte der Wagen und ließ den Looping hinter sich. Am Ende der Fahrt saßen weder seine Mutter noch René neben ihm. Fred stand auf und versicherte dem Angestellten, dass sein Bruder irgendwie herausgefallen sein muss.

„Hier fällt doch niemand raus", entgegnete der Mitarbeiter. „Wir haben alles im Blick."

Fred gab lautstark Kontra, bis er einen herbeieilenden Sicherheitsmann bemerkte und unversehens zum Ausgang spazierte, als sei nichts weiter geschehen. Es ist falsch, dachte er, und es übermannten ihn Gefühle, von Hilflosigkeit über Wut bis zu einer ungewohnten, friedvollen Geruhsamkeit.

„Ist es falsch?", fragte er sich.

Am Fotostand sah sich Fred den Monitor mit seinem Standbild an. Es erinnerte ihn an das Foto von vor über dreißig Jahren. Wie er da im vordersten Wagen saß. So nachdenklich, traurig, aber auch erleichtert – und vollkommen allein.

Sebastian Wotschke
Der Filmjournalist und Texter aus Solingen, der in Bochum und Köln Film und Medien studierte und mehrere Kurzfilme auf Festivals zeigte, hat seinen ersten Roman, einen gesellschaftskritischen Western mit dem Titel „Bastard City" 2016 veröffentlicht. Darauf folgte 2019 die Horror-Groteske „Who the Fuck Is Dracula?". Bis zur Digitalisierung der Kinos war er auch als Filmvorführer tätig.

EINER

SABINE IBING

Eins dieser Kinder musste die gesellschaftliche Leiter hinaufklettern! Wenigstens einer. Nummer fünf. Nach vier schulischen Katastrophen hatte es einer geschafft: das Mädchen. Stets zuckersüß, Zöpfchen, Röckchen, das Lächeln aus Zuckerwatte. Strebsam in allen Dingen, gefällig, selbst die unbarmherzigsten Lehrer hatten einen Narren an ihr gefressen. Abitur mit Auszeichnung. So geht das, sagte einer, zeigte mit dem Finger auf sie, schaute dabei zu den Brüdern hinüber, die sich verdrückten. Einer aus der Familie sagte: Medizin studieren! Was sonst? Der Vater hatte immer Recht, selbst wenn er im Unrecht war. Sie wollte Künstlerin werden, in der Kunst schlummerte ihr ureigenes Talent: malen, schreiben, ihrer Fantasie freien Lauf lassen. Du bist mein Schatz, Tochter! Künstler, Lebenskünstler, das ist kein Beruf! Wenigsten auf eins der Kinder wollten die Eltern stolz sein! Summa cum laude. Einer von ihnen war nun ein Doktor.

Leitender Stationsarzt wollen Sie werden? Gab es keinen Ihrer Mitstudenten, den Sie hätten heiraten können? Wozu sonst studiert eine Frau Medizin? – Einer hatte sie verzaubern können. Ohhh!, hatte die Mutter gehaucht. Exzellent! Der Vater hatte mit der Zunge geschnalzt. Ein Haus gebaut, eingebeetet in einen imposanten Garten. Ein Kind war unterwegs. Wildwuchs. Ein rauschendes Fest in einem alten Schloss, die weiße Kutsche fuhr vor. Einer von beiden musste zu Hause bleiben, das Kind behüten – desaströse Arbeitszeiten. Nur einer konnte Chefarzt werden, und einer musste dem anderen den Rücken freihalten. Warum darüber diskutieren?, eine schwachsinnige Frage, mein Liebling. Ökonomisch gesehen ist die Entscheidung längst gefallen. Das Kind, das Haus, der Hund und der Garten. Vollzeitbeschäftigung mit leerem Herzen. Weiße Lilien, Stockrosen, Dahlien und Lupinen gesellten sich zu silbrig schimmerndem Blattschmuck und weidenblättrigen Birnen. Blütenmeer, Fischteich mit Brücke und Seerosen, betörender Duft hüllte am Abend die Terrasse ein – ein Hauch von Monet, flüstern die Nachbarn. Ein Rabe schaute jeden Tag durch das Küchenfenster zu ihr hinein bis tief in ihr Herz. Komm mit mir, krächzte er. Tschaikowski, Beethoven, Novalis und Hemingway, Balsam für ihre Seele, so verwandt. Ärztereisen in die Toscana, nach Malta und sonst wohin. Einer lauschte den Vorträgen, einer nahm am Frauenprogramm teil.

Der Schwiegeropa kann nicht mehr laufen. Einer muss ihn pflegen. Warum nicht die Schwiegermama mit ihren schönlackierten Fingernägeln? Die hat's im Rücken. Einer sei undankbar, sagen alle. Der arme alte Mann. Einer fügt sich. Der Alte kichert. Der Gnatz jetzt im Haus, wie immer herrisch, fasst ihr beim Waschen im Bett zwischen die Beine und an die Titten. Einer reicht das. Weigert sich und wird gescholten. Einer schüttelt das Kopfkissen auf, drückt es sehnsüchtig an den Bauch – ach wäre er endlich tot!
Einer sagt: Du bist nie zu Hause. Einer antwortet: So viel Stress im Beruf, der Alte im Haus, der macht mich nieder, der weiß nicht mehr, was er sagt und tut. Und dann kommt heraus, dass der Stress einen Namen hat: Monika. Einer fragt: Warum? Einer antwortet: Du hast dich nicht weiterentwickelt – so wie ich. Der Rabe klopft an die Scheibe: Komm! – Beate sagt, „das Einzige, was Frau nicht kann, ist Prostatakrebs. Alte Schlampe, sagt der Mann, verantwortungslose Emanze. Einer ist wieder hässlich zu ihr, schmeißt das Essen an die Wand. Opa, nur acht Tropfen Herzglykoside – mag es heute ein wenig mehr sein?

Einer fährt ins Haus am Meer. Ungetrübte Gedanken im klaren Wasser. Die Wellen kitzeln die Füße, eine Möwe zwinkert ihr zu und lacht, die Muscheln klappern wie Kastagnetten im Takt dazu. Gedanken niedergeschrieben, eingepackt. So wird es jetzt gemacht!

Nach der Scheidung darf einer das Haus behalten und das Häuschen in Spanien. Den Batzen Geld vom Konto bekommt der andere, auch die Aktien, das Boot und den Porsche. Der baut sich ein neues Haus. Viel paradiesischer. Für Monika. Das Kind zieht derweil in die weite Welt hinaus, um in fernen Ländern zu studieren. Einer ist das Haus nun zu groß, sie vermietet es, zieht nach Spanien ins Häuschen und malt weiter an ihren Bildern. Hausfrauenkunst sagte damals einer. Niedlich. Das Leben ist luftig, ein Paradies, Salz auf der Zunge, ein Hauch von Seetang liegt in der Brise. Einer sitzt auf der schattigen Terrasse, schaut auf die Wellen, und fängt an zu schreiben. Dann malt sie ein Bild: Fische, Tintenfische, Krebse, Muscheln und Fischerboote; ein Junge am Strand. Da soll einer nicht die zündende Idee bekommen! – Einer der Verlage ist begeistert. Sie ist jetzt Kinderbuchautorin. Ihr drittes Bilderbuch ist in Arbeit. Bereits einen Preis eingeheimst. Nur Carlos bringt Unruhe ins Leben, kleckst Farbe hinein. Er lässt seine schwarzen Augen rollen, der ausgefranste Strohhut sitzt schief, die grauen Löckchen wippen auf den Schultern. Lächelnd fliegt unter dem Schnurrbart ein Kuss zu ihr herüber. Signora, einer lädt sie ein auf ein Glas Wein. Und vielleicht noch mehr. Chiringuito, Sangría, Musik, Meeresfrüchte, ein Lagerfeuer am Strand, Nacktbaden.

Einer ruft sie an, er sei zurück aus Amerika, habe dies und das studiert, aber nichts zu Ende gebracht, weil das Leben so vielseitig sei. Der Vater habe den Unterhalt eingestellt. – Nie hatte er sich bei ihr gemeldet. – Er sei doch der Sohn, es sei ihre Mutterpflicht, ihm zu helfen. Sein Zuhause! Sie will das Haus nicht, das nun fremde Leute bewohnen. Sie soll es ihm überschreiben, er erbe es später sowieso einmal. Und sie könne arbeiten gehen, das war doch immer ihr Wunsch. Sie sei doch ein Doktor. Er ruft jede Woche an, hat einen Job als Paketfahrer angenommen. Das Haus. Einer nimmt das nächste Flugzeug, der Entschluss noch wage. Eine nette Familie begrüßt sie: Kinder, Hund. Katze. Alles so fröhlich. Der Garten gepflegt. Sie wollen das Haus gern kaufen. Perfekt. Einer ruft sie an, schreit: Rabenmutter!

Zauberhafter Carlos, schenkt Blumen, Honiglächeln, zuckrige Küsse, einen Heiratsantrag. Die Trauung an der Platja, ein rauschendes Fest im Strandhotel, fünf Sterne. Barfuß im Sand, das Kleid flattert sanft um die Beine. Klick, Klick, bitte lächeln. Perfekt. Am nächsten Morgen baden im Brautkleid, klitschnass, durchsichtig undurchsichtig. Einer kriecht triefend im Anzug den Felsen hinauf. Carlos, wie du aussiehst! Sie lacht. Klick, klick, so ungezwungen tropfnass. Instagram, Facebook, so viel Glückwünsche.
Einer bringt Unordnung ins Leben. Überall liegen seine Sachen herum. Sie kocht, putzt, wäscht und bügelt, arbeitet im Garten, während einer auf dem Sofa herumlümmelt. Einer geht jetzt wieder alleine aus. Ist ihr Recht, endlich

Ruhe zum Malen. Einer frisst ihre Zeit, jeden Tag ein wenig mehr, jeden Tag ein wenig müßiger, unküssiger. Einer fügt sich dem zaudernd, weil das der Lauf des Lebens ist. Einer fühlt ein Knurren im Bauch, ein Kribbeln im Hirn, fühlt sich schlapp, betrübt. Der Rabe auf der Fensterbank. Trauer im Kopf – eine Möwe zwinkert ihr zu, fliegt über das Meer auf die Sonne zu.

Sie schwimmen in der kleinen Bucht. Einer sieht dort hinten, wie die Gasblase einer Portugiesischen Galeere sich wonnig in den Wellen schaukelt. Carlos! Zeig mir noch mal, wie gut du Kraulen kannst! Auf geht es! – Ein Schrei! Und dann ein leises Rufen. Luftblasen steigen an der Wasseroberfläche auf, während einer dort am einsamen Strand aus dem Wasser steigt, sich das Badehandtuch um die Schultern schmiegt. Möwen kreischen, umrunden die Fischerboote, die mit ihrer Beute den Hafen anlaufen. Das Wasser gleicht einem lax ausgebreiteten blauen Seidentuch; der Himmel breitet sich darüber wie fließende Aprikosenmarmelade. Die Stille wird nur vom leisen Plätschern der Wellen durchbrochen, als einer den Pinsel beiseitelegt. Leuchtende Farben. Sonnige Gedanken durchfluten ihren Leib. Ich bin Tanja!, schreibt sie als ersten Satz in das neue Notizbuch.

Sabine Ibing
Die Publizistin aus Hannover ist von Beruf Dipl. Sozialpädagogin und Dipl. Sozialarbeiterin und ist über Puerto de la Cruz (Teneriffa) und Dietzenbach (Nähe Frankfurt a. M.) in der Schweiz der Liebe wegen gelandet. Hier ist sie als Publizistin im Literaturbereich tätig und schreibt Romane an ihrem Zweitwohnsitz in Spanien.

GHOSTWRITER FLIEG!

WOLFGANG MACHREICH

Wenn die Bergstiefel des Schafe-Peters gewusst hätten, wo sie mit dem Hirten hingeraten, sie wären lieber Flip-Flops geworden. Ich versteh sie. Die Sohlen abgegangen, die Form eingegangen, das Leder ausgegangen, stehen sie vor dem Holzofen und trocknen dem Frühdienst entgegen. Ich sitze daneben, fühle mich genauso abgegangen, eingegangen, ausgegangen und fürchte mich vor dem nächsten Tag, vor der Steilheit, vor dem Abstieg. Feierabend für die Bergschuhe. Galgenfrist für mich. Abendbrot für den Hirten. Henkersmahlzeit für mich.

Was mache ich da? Was habe ich in einem Adlerhorst, der sich Schäferhütte nennt, verloren?

Das Geld liegt auf der Straße. Blödsinn. Das Geld liegt für mich auf diesem Berg.

Der Schafhirte dort oben, der hat was, sagte der Verlagsleiter, der lebt eine tolle Geschichte, die zieht. Gerade jetzt. Nach der Krise, vor der nächsten Krise. Hirtenleben ist einfach, ist entschleunigt, ist pur, das gefällt. Almleben ist einsam, ist sauber, ist virusfrei, das ist gefragt. Das Buch bringen wir groß raus: „Hirt im Glück", super Titel, „Wie mich die Alm-Quarantäne gesund und zufrieden macht", das verkauft sich. Eine Mutmacher-Geschichte. Das ist es, was die Leute jetzt wollen. Komm schon. Heb ab. Ghostwriter flieg! Steig da rauf, schau dir das an, leb da ein paar Tage mit und mach einen Bestseller draus!

Bestseller, dass ich nicht lache. Die Zeiten sind lange her, in denen man mit guter Schreibe gutes Geld verdienen konnte. Man glaubt, die Branche liegt am Boden und dann geht es noch weiter hinab.

Vorschuss, fragte ich. Sofort, anständige Summe, sagte er, nach Abgabe des Manuskripts noch einmal so viel.

Reisespesen, fragte ich. Selbstverständlich, sagte er, so wie früher, brauchst nicht kleckern, darfst klotzen, groß denken, groß schreiben.

Überzeugt, sagte ich, den Hirten bring ich dir, den schreib ich dir ratzfatz runter.

Aber dazu musste ich erst einmal zu ihm hinauf. Steil hinauf.

Bei der Anreise beschlich mich zum ersten Mal der Verdacht, dass diese Recherche doch kein Ratzfatz wird. Die Gegend passte mir nicht, zu hoch, zu eng. Mein Wagen passte nicht in die Gegend. Zu tief gelegtes Fahrwerk, zu breite Reifen. Mein Freund vom Boulevard fährt SUV. Ist mir zu klobig. Mag keine Bergstiefel, mag Sneakers, mag Slipper, mag Sportwagen. Auch den SUV hätte ich in Inner-Irgendwo abstellen müssen. Kuhglocken schepperten. Ungern ließ ich mein Auto allein zurück. Ich schaltete die Alarmanlage ein. 1580 Meter Seehöhe. So hoch komme ich sonst nur mit der Gondelbahn. Auf der Höhe gönn ich mir sonst meinen Mittelstation-Cappuccino. In Inner-Irgendwo gab es nicht einmal Espresso. Inner-Irgendwo beschränkte sich auf ein von der Sonne ausgebleichtes Kruzifix und einen geschlossenen Schranken.

Das Wandern ist des Ghostwriters Lust. F…! Job ist Job, beruhigte ich mich, zog meine neue Tex-Skin-Fit-Membran-Ausrüstung über – sauteuer, kommt auf die Spesenabrechnung – und marschierte los. Forststraße, geht gut. Wanderweg, geht noch. Schafsteig, geht nicht. „Steigen ist mein Tagwerk", werde ich am Abend, am Hüttentisch sitzend, als Hirt-Ghostwriter in mein Notizbuch schreiben: „Wer mich besuchen will, muss trittsicher sein, muss steil hinauf. Edelweiß, büschelweise, zeigen, dass man auf dem richtigen Weg ist. Wobei ‚Weg' übertrieben ist, eher Pfad, Steiglein, Tritte, Spur. Die Schäferhütte nistet höher als der ‚Stern der Alpen', so wie meine Schäferarbeit weit entfernt von Bergidylle und Heidi-Klischees ist."

Leider. Ich mag Idylle, ich mag Klischees. Die Steilheit, das Schroffe, das Echte mag ich nicht.

Als sich der Weg hinauf zur Schäferhütte wie eine Leiter aufsteilte, wollte ich den Hirten anrufen, dass er runterkommt, dass er mir hilft, noch besser, dass er mir unten von oben erzählt. Ich bin ein Profi, das genügt mir, das schmück ich aus, das blas ich auf, das redigier ich zurecht. Doch keine Chance. Ich hing im Funkloch, ohne Empfang und 4G-Netz. „Wo Gefahr ist, da wächst das Rettende auch" – F…! In dieser Wand verfängt sich nicht einmal ein Mobilfunksignal. Ich wollte umdrehen, wollte zu meinem Auto zurück, mir einen Cappuccino gönnen, das Steile vergessen, auf das Echte pfeifen. Da fiel mir der

Verlagsleiter ein, der Vorschuss, die zweite Überweisung. Da stieg ich weiter, fluchte mich hinauf, fürchtete mich nach oben. Ich muss dem Hirten bei der Arbeit zuschauen, meldete sich mein Ghostwriter-Berufsstolz, ich muss mich in den Schafe-Peter hineinversetzen. Um unten sein Writer zu werden, muss ich oben sein Ghost sein.

Deswegen sitz ich da, neben dem Ofen, neben den Bergschuhen trocknend. Sie lieber Sandalen, ich so gern, wo es flach ist. „Wir sind Hirte!", würde mein Freund vom Boulevard titeln. Schreibtischtäter, der hätte hier oben keine Chance: ohne W-Lan, ohne Klimaanlage, ohne Zustellpizza. Peter hatte Spaghetti gekocht, garnierte sie mit Gurken, isst sie mit Pesto. Eh lieb, an eine XL-Americana kommt die Alm-Pasta trotzdem nicht ran. Zum Frühstück wird es Müsli geben. Mit frischen Ribiseln. Die hat ihm eine Wanderin heraufgebracht.

Der Hirt strahlte, ich stand dabei, der freute sich echt über den Becher Beeren. Eh lieb, frische Croissants, ofenwarm, sind trotzdem eine andere Frühstücksliga. Beim Kaffee, fürcht' ich, wird es bei der Camping-Pulver- oder Oma-Filter-Version bleiben. What else? Clooney, du fehlst mir!

Gemästet werden nur die Schafe. Hier oben ist verkehrte Welt. Hier oben dreht sich alles ums Tier. Hier oben sind die Schafe König. In seinem Buch werde ich Schafe-Peter als schlaksigen Bergler zeichnen. Als Eremiten werde ich ihn darstellen. Die Hirtenhütte seine Klause. Die Schafsorge seine Berufung. Das zieht, da hatte der Verlagsleiter schon einen Riecher. Trotz Schutzmaske. Trotz Mindestabstand. „Die Alm ist mein Gesundbrunnen, mein Desinfektionsmittel für Seele, Herz und Hirn. Jeden Herbst komme ich ausgezehrt ins Tal zurück", werde ich Peter sagen lassen. Das flutscht. Slim fit ist die Konfektionsgröße für den Krisenmodus. „Aber bloß körperlich bin mager", lasse ich den Hirten zum Glücks-philosophen promovieren, „geistig gleiche ich nach dem Almsommer meinen Schafen, steige mit fetten Seelenpolstern und dickem Gemütsfell ins Tal."

So geht Covid-19 wegkärchern. So geht virusfrei. Der Verlagsleiter wird zufrieden sein. Ich liefere ihm das Mutmacher-Buch für den Neustart nach der Krise. Mut. Ich kann den beschreiben, das ist mein Job, ich muss den nicht leben. Ich bin Ghostwriter, kein Stuntman. Wenn ich bloß schon wieder unten wäre.

Hinunter, ich mag nicht daran denken. Warum musste er mir von dem Schaf erzählen, das am Vortag abgestürzt ist: „Wenn du dem Schaf zuschaust, wie es stolpert, wie es den Hang runterfliegt, immer schneller wird, dann siehst du dich selbst, dann siehst du, was wäre, wenn …" Ich habe es nicht gesehen, trotzdem kriege ich das Bild nicht aus dem Kopf. Ghostwriter flieg, hat mich der Verlagsleiter in dieses Abenteuer geschickt. F…! Arbeitsunfall. Mein Freund vom Boulevard würde die Geschichte zum Blattaufmacher adeln. Mag aber nicht auf die Titelseite, mag runter.

Ich werde den Hirten bitten, dass er mich morgen hinunterbegleitet, dass er mir vorausgeht, noch besser, dass er mich an ein Seil bindet. Das wird er für mich machen, ich bin ihm nicht unsympathisch. Ich sei halt ein typischer Städter, sagte er zu mir, als ich ihn fragte, wo ich mich duschen könne. Das meinte er nicht böse, eher belustigt, eher überrascht, wie ich nur auf die Idee komme. Ich sagte nichts, finde die Frage weder lustig noch überraschend. Mein Freund vom

Boulevard wird mir beipflichten und der Verlagsleiter auch, dass nach einem Tag Schweißbad im Steilhang eine Dusche kein Luxus ist. Das Bad gab es schließlich in seiner Ur-Form: Blechwanne, Quellwasser, Kernseife. Eh lieb, primitiv halt, einmal geht das schon, morgen um die Zeit bin ich im Hotel. Vier Sterne plus, das muss drin sein, nach den Strapazen, nach der Entsagung, nach der Wildnis, das geht auf die Spesenrechnung. Wenn bloß schon morgen und ich unten wäre. Noch hock ich neben dem Ofen, neben den Bergschuhen. Sie lieber Sandalen, ich so gern, wo es flach ist, wo es Dusche gibt, Pizzaservice, W-Lan.

Eine zweite Dose Bier wird aufgemacht, ausnahmsweise, weil Besuch da ist. Hier oben musst du gut auf dich schauen, hier gibt es keinen, der dich auffängt, erklärt mir der Hirt sein Abstinenzgebot. Schreib ich eins zu eins so ins Buch. Erinnert mich an Klosterleben. War nie im Kloster, aber so stell ich mir die heilige Armut vor.

Um nicht an den Abstieg zu denken, schreibe ich weiter an meinen Hirtenglück-Notizen: „Wenn ich unten von meiner Arbeit oben erzähle, werde ich oft Aussteiger genannt. Stimmt nicht, sage ich, auf der Alm steig ich ins Leben ein." Das hat was. Das klingt nach „Wir schaffen das" mit einem Schuss Greta drin. Das gibt Mut. Der Verlagsleiter wird zufrieden sein. Ich schreib ihm einen Bestseller. Ich liefere ihm den Hirten. Auch wenn ich seine Bergstiefel viel besser verstehe, die lieber Flip-Flops geworden wären.

Wolfgang Machreich
Der gebürtiger Pinzgauer aus Mittersill studierte Theologie und Philosophie in Salzburg und arbeitete danach als Außenpolitik-Redakteur bei der Wochenzeitung „Die Furche" in Wien und als Pressesprecher für die Vizepräsidentin des Europäischen Parlaments, Ulrike Lunacek, in Straßburg und Brüssel. Vom Schreiben noch immer nicht genug, arbeitet er jetzt als freier Autor und Journalist. Die Mölltaler mögen seine Geschichten: „Die Eisrinne", drittbeste Geschichte 2017, ist im „Aufbruch" nachzulesen; „Herr Krickerl trimmt" gewann den Publikumspreis 2018 und findet sich im Band „Begegnungen".

SCHMERZHAFTES INTERVALL

DORINA MARLEN HELLER

Du bist ein Auslaufmodell. In zwei Jahren wirst du ausrangiert und gegen eine Jüngere, Schönere ausgetauscht werden. Eine Gutriechende, Unverbrauchte. Eine Wendigere, die nicht schon in den Kurven ächzt. Eine Frischlackierte, von der nicht schon die Farbe abblättert. Eine mit ergonomischen Sitzen. Barrierefrei. Ohne Mulden in den Sitzpolstern, von den zigtausenden Kilos, die du jeden Tag herumfährst. Aber bis dahin ziehst du noch deine Kreise, deine Schleifen, als Achter durch die Stadt.

04:48, Straßenbahn-Remise

Grade haben sie dich aufgeweckt, heute hat wieder Konny Dienst, mit den groben, dauerfeuchten Händen. Du magst nicht, wie er dich angreift und an der ersten Haltestelle öffnest du nur bockig deine Türen.

05:09, Bruchgasse

Neben den Gleisen blüht Flieder, du atmest ein, vielleicht wird heute doch ein guter Tag. Du kennst die Pflastersteine, du kennst die Häuserfassaden, du kennst die Straßenzüge. Wenig hat sich geändert in den letzten Jahrzehnten, bisschen Farbe hier, paar mehr Risse da. Noch immer zu viele Menschen auf zu wenig Raum. Noch immer fast jeden Morgen das Erbrochene neben der Bruchgasse-Haltestelle. Und die Glasscherben. Heute nicht. Der erste, der dich besteigt, hat tiefe Augenringe und eine offene Tragetasche in der Hand. Du kannst nicht erkennen, was darin liegt, er hält sie umklammert, auch noch, als er sich gegen dein Fenster im dritten Abteil lehnt und einschläft. Eine Fahrkarte hat er sich nicht gekauft. Du spürst, wie etwas von seiner Schwere und Müdigkeit in dich übergeht und fährst langsamer als sonst in die nächsten Kurven. Noch im Halbschlaf ziehen die folgenden Stationen an dir vorbei.

05:27, Mauerstraße

Die Straßen werden etwas breiter, die Häuserfronten verglaster, verchrom-
ter. Als du das nächste Mal deine Türen aufmachst, steigen schon ein paar Leute
in dich, an den meisten Gesichtern gleitest du ab. Eine Frau findest du interessant, enger Lederrock, leicht verschmiertes Augen-Make-up und hohe Stiefel. Du
siehst, wie sie sich kurz in den Ausschnitt fasst, prüfend. Du würdest dir gerne eine
Geschichte von ihr erzählen lassen, du würdest gerne mal in ihrer Küche sitzen.
Hinter ihr ein Mann im grauen Anzug, Aktentasche, Schlaflosigkeit tropft ihm aus
den Poren. Obwohl es noch viele freie Plätze gibt, setzt er sich ihr gegenüber und
kriegt den Blick nicht mehr los. Du weißt, dass er sich heute Abend einen Porno
ansehen wird. Mit viel Lack und Leder und dabei an ihre Schenkel denken.

05:30, Stadtpark

Du hältst am Stadtpark, ein junges Paar steigt ein, mit zwei Hunden. Sie
streiten mit gesenkter Stimme, immer wieder drückt er fest ihren Unterarm, bis
sie seine Hand wegschlägt, du verstehst nur Wortfetzen. Sie wendet sich ab,
beugt sich zu den hechelnden Hunden, redet mit ihnen. Er holt etwas aus seiner
Hosentasche, eine Spritze, setzt sie sich an den Unterarm. Was für ein Klischee,
denkst du, aber deine Bremsen versagen kurz, als du in die nächste Haltestelle
einfährst. Du schaust nicht mehr hin, du willst nicht wissen, wann sie aussteigen,
aber dann spürst du es doch. Danach rinnen die Stunden ineinander, als du das
erste Mal wieder in dich hineinblickst, stehst du schon mitten im Berufsverkehr.

08:41, Universität

Da ist sie wieder. Mit den langen dunklen Haaren, immer am gleichen Platz
und wenn der Platz besetzt ist, zerbeißt sie sich die Fingernägel, bis die Kup-
pen zu bluten beginnen. Heute trägt sie ein Kleid, ihre Schlüsselbeine treten
hervor wie die Giebel über einem Fenster, du würdest gerne in sie hineinsehen.
Ihre Haut wird zwar von Woche zu Woche durchscheinender, aber gläsern ist sie
noch nicht. So kannst du ihr nur über die Schulter schauen, ihre langen Finger
halten ein zerlesenes Taschenbuch, gekauft wahrscheinlich im Antiquariat gegenüber der Uni. Immer liest sie etwas anderes, heute Pessoa, du liest ein paar
Zeilen mit, brichst erschrocken ab, fühlst dich erkannt: Die Straße ermüdet mich
allmählich, aber nein, sie ermüdet mich nicht – alles im Leben ist Straße.

08:45, Finstermarkt

Eine mittelalte Frau mit langem Mantel und großer Sonnenbrille steigt zu, du willst ihr in die Augen sehen. In der nächsten Kurve rüttelst du sie etwas durch, die Sonnenbrille verrutscht ihr kurz und du siehst die blau-lila schimmernde Haut darunter, die Schwellung, die Demütigung. Als sie nur drei Haltestellen später aussteigt, willst du ihr etwas mitgeben, weißt nicht was, und kannst ihr nur extraschnell und extralange die Türen aufhalten.

13:09, Nikolai-Allee

Schon wieder hast du dich im Tag verloren, schon wieder entleerst du dich. Zurück bleibt ein Tourist mit Kappe und Sandalen. Auf seinem Handy die Stadtplan-App. Eigentlich magst du sie, die Kurzurlauber, die Backpacker, denn oft sind sie die einzigen, die dich wirklich betrachten. Sich umsehen, sich fotografieren, sich überrumpelt an dir festhalten, wenn du abbremst. Aber im Sommer schwitzen sie auf dich, mehr als alle anderen und manchmal zwingen sie dich zum Halten, nur um dann doch nicht auszusteigen. Ihre unsicheren Blicke machen dich aggressiv. Und immerzu essen sie, Croissants, Pizzastücke, Nudeln im Pappkarton vom Asia-Imbiss. Ihre Wasserflaschen vergessen sie dann in dir, extra Kilos, die du dann mit dir herumfahren musst. Und im Gegenzug ein paar Wörter in einer dir fremden Sprache, ein paar Blicke, die dir nur selten reichen.

13:13, Neumannplatz

Türen auf, Türen zu. Menschen raus, Menschen rein. Der Teenager, etwas zu blass, etwas zu sehr in seinen Körper gesunken. Vielleicht solltest du ihm den Sitz am Rücken stärken, aber die sind nicht ergonomisch geformt, an denen richtet sich niemand auf. Der Junge schaut auf das Display der jungen Frau neben ihm. Liest ihre Nachrichten mit. Betrachtet ihre Fotos. Und du weißt in dem Moment, dass er das bei seinen Freundinnen, die noch in seiner Zukunft liegen, auch immer so machen wird. Da willst du ihn nicht mehr aufrichten, du willst ihn loswerden. Als er aussteigt, spuckst du ihn aus und siehst ihm nicht nach.

21:16, Invaliden-Straße

Und jetzt, wieder kurz vor Bruchgasse, am Ende der Acht, musst du stehen und warten, minutenlang. Einen Rollstuhl versuchen sie in dich zu heben, deine

Stufen zu steil, du zu ungeduldig. Aber sein Gesicht, gebräunt, Ende 40, kommt dir so vertraut vor. War es nicht er, den du vor Jahren, Jahrzehnten vielleicht sogar … dem du ein Bein abgetrennt hast, er, der nach Korn riechend, dir vor die Scheinwerfer gelaufen ist. Das Blaulicht, der Schock. Du erinnerst dich.

21:20, Bruchgasse

Durch deine letzte Tür steigen zwei ein, an denen du kurz hängenbleibst. Ein Vater mit Baby im gepunkteten Tragetuch, vier durchschriene Nächte in den Augen. Eine ältere Frau mit Bluse, aber der Kragen ist gelb. Sie setzt sich, der Vater bleibt stehen. Das Baby schläft, die Frau schaut aus dem Fenster, Falten wie Furchen. Nach ein paar Minuten niest sie in ihre Hand, wischt sich in ihren Sitz, wischt sich in dich. Du fühlst dich verschmiert, verkrustet, du stellst dir vor, in einen Fluss zu fahren, bis auf den Grund. Dort liegen zu bleiben, bis Seegras dich überwuchert, bis Fischschwärme dich umtanzen. Vielleicht solltest du auf den Gleisen liegenbleiben, jetzt. Deine Türen einfach nicht mehr öffnen. Vielleicht solltest du dich selbst ausrangieren, bevor es die anderen tun. Und doch. All die Gesichter, all die Körper, all die Geschichten. Das sind deine Menschen, deren Leben du für ein paar Schleifen, für einen Achter teilst. Das ist deine Stadt. Du umkreist sie täglich.

Die Straße mich ermüden? Nur Denken ermüdet mich. Wenn ich auf die Straße schaue oder sie fühle, denke ich nicht: Ich arbeite mit einer großen inneren Ruhe, die Letzte ihrer Art in dieser Gegend, ein buchführender Niemand.

Dorina Marlen Heller
Die deutsch-österreichische Doppelstaatsbürgerin, die Prosa, Lyrik und Theaterstücke schreibt, studierte Sinologie, Anthropologie, Literaturwissenschaft in Heidelberg, London & Peking, und Women's & Gender Studies in Oxford. Ihre Kurzgeschichten wurden in zahlreichen Anthologien und Zeitschriften publiziert. Für ihre Texte erhielt sie u.a. den Forum Land Literaturpreis 2013, den Niederösterreichischen Literaturpreis blattgold, errang den 3. Platz beim Münchner Kurzgeschichtenwettbewerb 2019, landete unter den Top 10 beim fm4 wortlaut 2013 und auf der Shortlist des Wortmeldungen Förderpreis 2020.

EINSTICHSTELLEN

OLIVER BRUSKOLINI

52 Meter hoch. 2 000 Meter lang. Spitzengeschwindigkeit: 240 Kilometer pro Stunde. Die Formula Rossa in Abu Dhabi ist die schnellste Achterbahn der Welt. Verglichen mit dir ist sie ein Witz.

Als Kinder spielten wir im alten Garagenhof gegenüber. Wir polarisierten. Die Hälfte unserer Nachbarn genoss es, uns zuzusehen. Die andere Hälfte hasste uns, denn wir scherten uns nicht um Mittagsruhe oder Feiertage. Der Schotterplatz, auf dem uns nur selten ein Auto störte, war alles für uns. Ein Fußballstadion voller grölender Fans, die ihr Team beim entscheidenden Elfmeter anfeuerten. Das Schlachtfeld für die größte Schlacht seit Waterloo, blutgetränkt und voller letzter Schreie. Ein Indianerlager, eine Rennstrecke, der Mond, eine Ritterburg. Es gab keine Grenzen. Weder für unsere Fantasie noch für unsere verkorkste Liebe.

Weißt du noch, wie du mir beim Spielen deine Faust ins Gesicht schlugst, dass das Blut aus meiner Nase rann? Ich heulte, wollte zu den Eltern rennen. Aber du nahmst mich in den Arm, tröstetest mich, liebkostest mich wie eine fürsorgliche Mutter, um danach wie ein Vater an meine Männlichkeit zu appellieren. Ich sagte den Eltern kein Wort, auch nicht, als du ihnen auftischtest, dass ich von einer Mauer gefallen wäre.

14 Inversionen. Gebaut aus Stahl. Die Smiler in Alton ist die kurvigste Achterbahn der Welt. Du bist verdrehter.

Ich brachte meine Freundin mit nach Hause, um sie den Eltern vorzustellen. Wir waren erst ein paar Wochen zusammen und ich war bis über beide Ohren verliebt. Ich wusste, dass sie diejenige war, mit der ich es das erste Mal machen würde. Du tatest desinteressiert, sahst sie nicht einmal an. Sie fragte mich über dich aus. Ich hätte stutzig werden müssen, aber war blind vor Liebe.

Nach dem Abendessen verrietst du den Eltern, was ich unter meiner Matratze versteckte. Sie fanden den Verschlussbeutel. Eine Welt brach zusammen. Sie schickten meine Freundin und dich nach draußen. Während ich ihre Tränen wischte, wischte meine Freundin sich ab und gab dir einen letzten Kuss.

Bis heute denken unsere Eltern, dass es mein Gras war.

Von 0 auf 100 in 1,6 Sekunden. 2 000 PS. Die Full Throttle in Kalifornien hat richtig Power. Deine Faust hatte ein einziges Mal mehr.

Es war mein Abschlussjahr und ich hatte Streit mit diesem Typen. Er lauerte mir nach der Schule auf und verpasste mir ein blaues Auge. Als du mich sahst, fragtest du nur, wer. Ich sagte es dir nicht. Aber meine Klassenkameraden hatten immer Angst vor dir, deswegen dauerte es nicht lange, bis du den Namen und die Adresse wusstest. Ich wollte dich aufhalten, aber du warst nicht zu bremsen.

Manchmal höre ich es noch, das Knacken. Ein Schlag, sechzehn Stunden Gesichtschirurgie, drei Monate Gefängnis. Der Typ hat mich nie wieder angesprochen.

2 400 Meter. Der Steel Dragon in Japan ist die längste Achterbahn der Welt. Wie oft hätte ich mit ihr fahren können in der Zeit unserer längsten Achterbahnfahrt?

Ich wusste immer, dass es dir nicht gut ging. Die Zeit nach dem Gefängnis war die schlimmste. Du hattest Leute kennengelernt, die dir nicht guttaten. Immer, wenn ich sie sah, verknotete sich mein Magen. Ich glaube, ich hatte Angst vor ihnen. Sie waren die Gestalten, die nachts in den dunklen Ecken abhingen, denen jeder einen Mord, mindestens einen schweren Raub zutraute. Sie brachten dich damit in Berührung.

Jeden Tag redete ich auf dich ein. Aber an den meisten Tagen bliebst du liegen. Die Vorhänge zugezogen, der Fernseher ausgeschaltet. Irgendwann hattest du nicht einmal mehr einen Fernseher. Ich ging für dich einkaufen, beobachtete aus meinem Fenster, wie du dich fortschlichst, um das Essen einzutauschen.

Du verlorst deine Wohnung und ich nahm dich bei mir auf. Du nahmst mein Erspartes und verschwandest in die Nacht. Eine Woche später standest du vor meiner Tür und wieder bot ich dir meine Couch an. So ging es über mehrere Wochen. Ich hätte früher aussteigen müssen.

Prellungen, Knochenbrüche, Schockzustände. Drei Tote. Das Mindbender-Unglück in Edmonton ist bis heute eines der schwersten Achterbahnunglücke. Wie viele Verletzungen hast du hinterlassen? Wie viele innerlich Tote?

Es kam, wie es kommen musste. Ich hatte keine Wahl, musste dich unter Tränen vor die Tür setzen. Deine Vorwürfe hallen noch immer durch meinen Kopf. Du musst mir glauben, dass ich dich immer geliebt habe und dass diese Entscheidung die schwerste meines Lebens war.

Nachts erhielt ich den Anruf unseres Vaters. Trocken wie eh und je teilte er mir mit, dass sie dich aus einer Gosse gezogen hatten. Schaum vor deinem Mund. Blutunterlaufene Augen. Einstichstellen wie eine Tätowierung. Die Eltern und ich standen an deiner Bahre, um dich zu identifizieren. Also das, was von dir übrig war. Mein Vater nickte nur, drehte sich um, verließ den Raum. Mutter und ich weinten. Sie hörte irgendwann damit auf. Ich wache an manchen Tagen immer noch auf, schweißgebadet, mit Tränen in den Augen. Die Eltern sind innerlich tot. Du hast sie auf dem Gewissen. Ich sterbe immer noch.

Oliver Bruskolini
Der Student an der Universität Duisburg-Essen für das Lehramt in den Fächern Deutsch und Sozialwissenschaften, ist seit 2016 literarisch überwiegend mit Kurzprosa und Lyrik in Anthologien und Literaturzeitschriften vertreten. Sein Romandebüt „Ein letztes Mal Sizilien" (Autumnus Verlag) erschien 2019. Seit 2018 ist er Redakteur beim Feuilleton zugetextet.com. Oliver Bruskolini lebt in Essen.

EIN MOMENT.

JULIA MAGDALENA NAGY

Nur von der Seite nahm der Junge den Alten wahr. Mit schlurfenden Schritten stellte er sich neben den Knaben und lugte ihm über die Schulter. Der eigentümliche Geruch eines alten Menschen stieg diesem in die Nase – Mottenkugeln, alte Kleidung, alte Haut. Lange Zeit stand der Mann einfach nur daneben. Schweigend. Betrachtete das Schaffen des Jungen. Rauf und runter ging der Stift. Wurde hin und wieder gespitzt. Die Striche ausradiert, durch einen Farbstift ersetzt. Das Blatt füllte sich allmählich.

„Schön", sagte der Alte.

„Schön, schön", wiederholte er.

Der Stift, an den Enden angenagt, lag leicht in den Händen des Jungen. Er war offensichtlich darin geübt.

„Zeichnest du schon lange?"

„Mhm, seit ich acht bin."

„Wer hat es dir beigebracht?"

„Niemand. Ich hab's mir selbst beigebracht."

„Schön", murmelte der Alte erneut.

Der greise Mann betrachtete das Bild. Er war fasziniert, wie detailgetreu der Junge die Szene eingefangen hatte. Menschenmassen, die vor den Ständen Schlange standen. Die Attraktionen, die so viele zu begeistern schienen. Aus dem Bild konnte man nahezu die Stimmen und das Gelächter vernehmen, das Surren und Piepen, die Musik, das Gejohle – als wäre man mittendrin und nicht nur ein Beobachter.

Der Alte lächelte in sich hinein. Er war damals oft dort gewesen, damals, als er noch viele Jahre jünger war. Sein Mund füllte sich mit dem Geschmack von Zuckerwatte und gebrannten Mandeln, von heißen Würstchen und Pommes. In seinem Magen wurde es flau, als er daran dachte, mit welchen waghalsigen

Attraktionen er gefahren war und er erinnerte sich daran, wie er einmal einen großen Plüschteddy gewonnen hatte. Er verlor sich in dem Bild, das sich unter der Hand des Jungen vervollständigte.

„Warst du schon einmal dort?", fragte der Alte schließlich.

Der Junge nickte.

„Mit deinen Eltern?"

Der Junge nickte erneut. Er stutzte kurz, setzte an, etwas zu sagen, beließ es dann aber dabei und konzentrierte sich weiter auf sein Bild. Dass er damals erst vier gewesen war, behielt er für sich.

Es verging eine Weile. Der greise Herr hob den Blick und ließ ihn über die Szenerie vor ihm schweifen. Ließ die warmen Strahlen der Mittagssonne auf sein Gesicht scheinen und blickte nach einer Weile wieder auf das Bild.

„Wer ist sie?", fragte der Alte.

Auf dem Bild, in der Mitte, vor der Menschenmasse, vor den Läden, vor allen Attraktionen, war ein junges Mädchen zu sehen. Im Gegensatz zu all den anderen Abgebildeten schaute sie den Beobachter direkt an. Ihre dunklen Augen blitzten keck und ihr strahlendes Lächeln wärmte das Herz des Alten. Ihre wilden schwarzen Haare waren mit einem grünen Band zu einem lockeren Knoten gebunden.

„Suna", gab der Junge knapp wieder. „Meine Schwester."

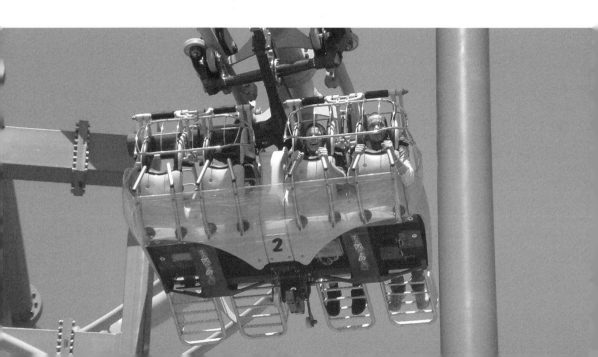

Die Stimme des Jungen schien leicht belegt, sein Blick begann sich zu verfinstern. Doch es blieb bei dieser Antwort, er zeigte kein Interesse, weitere Informationen zu liefern. Der Alte wechselte das Thema.

„Was ist denn deine liebste Attraktion?"

Zum ersten Mal sah der Junge auf und blickte den Alten an. Er lächelte ein wenig verunsichert.

„Die Achterbahn", antwortete er.

Das Herzstück des Rummelplatzes. Der Alte musste schmunzeln. Er dachte sich bereits, dass diese Attraktion dem Jungen am besten gefiele. Ihr hatte er – wie dem Mädchen – besonders viel Aufmerksamkeit beim Zeichnen gewidmet. Man hatte das Gefühl, die Achterbahn angreifen zu können, das Metall glänzte in der gemalten Sonne und der Wagen, der die Mutigsten fuhr, war in dem einzigen Looping eingefangen worden.

„Was ist Ihre liebste Attraktion?", fragte der Junge zaghaft.

„Oh", der Alte lächelte. „Ich hatte das Riesenrad am liebsten!"

„Das Riesenrad?"

„Ja", antwortete der Greis verträumt. „Dort, am höchsten Punkt, konnte man über die ganze Stadt blicken, die ganze Schönheit von oben betrachten. Das Auge konnte endlos in alle Richtungen schweifen und wenn man zur richtigen Zeit im Riesenrad saß, konnte man der Sonne beim Untergehen zusehen. Für mich war es stets, als würde ich mit offenen Augen träumen."

Der Junge, ein wenig in sich zusammengesackt, fragte leise: „War es denn wirklich so schön?"

„Ja. Es war wunderschön. Eindrucksvolle Bauten, belebte Straßen. Ein ganz besonderer Ort."

Der Bursche blickte den Alten ausdruckslos an, rang sich schließlich ein Lächeln ab, nickte und widmete sich wieder seinem Bild. Er hatte es nahezu fertiggestellt. Das Mädchen in der Mitte, die Achterbahn dahinter, die Stände und Menschenmassen dazwischen. Ja, jetzt konnte der Alte sogar das Riesenrad im Hintergrund erkennen, von dem er noch eben gesprochen hatte.

Es verging eine Weile. Dem Alten schmerzten allmählich die Beine, der Rücken begann sich zu melden. Es war Zeit, dass er wieder nach Hause ging.

„Fertig", murmelte der Junge und unterbrach die Gedanken an die eigenen Schmerzen und das Gebrechen des alten Mannes.

Der Knabe legte Bleistift, Buntstifte, Radiergummi und den Spitzer in eine kleine Stofftasche. Er betrachtete seine Zeichnung eine Weile, dann blickte er den Alten an.

„Hier" – er reichte ihm das Bild – „Ich möchte es Ihnen schenken."

Der Alte blickte erstaunt, nahm das Bild entgegen.

„Was für ein schönes Geschenk. Vielen Dank."

Nach kurzer Überlegung fragte er vorsichtig: „Aber … möchtest du das Bild nicht lieber selbst behalten? Nachdem du so viel Arbeit investiert hast?"

Energisch schüttelte der Knabe den Kopf.

„Ich habe dieses Bild schon ein paar Mal zu Hause. Ich brauche nicht noch eines. Und außerdem …", er unterbrach sich und holte aus seiner Hosentasche ein gefaltetes Foto heraus „… außerdem habe ich ja auch immer noch das hier."

Der Alte starrte auf das Foto. Seine Augen weiteten sich. Es zeigte denselben Moment, den der Junge so akribisch gezeichnet hatte. Das Mädchen vor dem Hintergrund des Vergnügungsparks. Noch bevor der Greis etwas erwidern konnte, hatte der Junge das Foto verstaut und war aufgestanden.

„Machen Sie es gut", sagte er höflich und machte sich auf den Weg. Dabei ging er in Richtung der Ruinen, die an den Vergnügungspark erinnerten. Ging vorbei an den angebrannten Holzscheiten, den in sich zusammengesackten Stahlgerüsten. Er schien es nicht zu sehen, die Trostlosigkeit dieses Platzes. Hatte wohl nie wirklich etwas Anderes gesehen. Sah nur das Foto, lebte von dieser Erinnerung.

„Mach's gut", murmelte der Alte, während er in der Linken das Bild hielt und mit der Rechten sein Gesicht verbarg.

Julia Magdalena Nagy
Die Biologie- und Deutschlehrerin mit Südtiroler sowie ungarischen Wurzeln und mit einem italienischen Pass ist in Innsbruck aufgewachsen. Nach abgeschlossenem Studium zog es sie nach Wien und Graz und schlussendlich wieder in ihre Heimatstadt zurück, wo sie an einem Gymnasium unterrichtet und an der Universität Innsbruck als Projektmitarbeiterin und PhD-Studentin in der LehrerInnenbildung tätig ist.

(K)EIN LIEBESROMAN OHNE HAPPY END

STEFANIE IVAN

1. April 2020

Sein Arm hat wie ein toter Aal auf meinem Brustkorb gelegen. Ich habe an die weiße Schlafzimmerdecke gestarrt, wartend darauf, dass er mich an sich zieht, seine Nase in meine Haare wühlt und mich ganz tief einatmet. Stattdessen kam ein Seufzer, der ohne Worte, nur durch den langgezogenen Ton einen ganzen Roman erzählt hat. Das hier ist kein Liebesroman. Es ist die Geschichte einer Resignation. Der Epilog eines Lebens zu zweit ohne Happy End. Und dabei brauchen wir Menschen doch Happy Ends, weil wir sonst mit dieser verflixten Endgültigkeit zurücklassen werden, sobald man den Buchdeckel zuschlägt.

„Das war's?", habe ich gefragt. Stille. Stille kann genauso viel erzählen.

2. April 2020

Er hat all seine Sachen gepackt. Sie haben draußen im Hausflur gestanden, aufgereiht, wie die Menschen vor den Supermärkten in dieser Zeit. Auf dem Plakat gegenüber an der Häuserwand wirbt eine Fastfoodkette mit dem Slogan: „Kontaktlos sicher zu vollem Geschmack." Die Buchstaben werden von einem grellgelben, bauchig geformten „M" eingerahmt. Das wird der Titel unseres Buches werden: „Kontaktlos sicher und sicher kontaktlos." Diese Zeit lässt uns alle kontaktlos werden, habe ich gedacht, als ich dem Campingmobil nachgeschaut habe, wie es eine graue Dieselwolke hinter sich lassend davongefahren ist. Und am Steuer hat der Mensch gesessen, den ich liebe, das ist jedenfalls bis vor ein paar Tagen sicher gewesen. Aber bis vor ein paar Tagen ist auch das Fahren mit öffentlichen Verkehrsmitteln noch sicher gewesen, das Treffen mit Menschen in geselliger Runde, die Existenz des Besitzers des kleinen Cafés nebenan, in dessen Fensterscheibe heute keine Torten und Cupcakes mehr stehen. Stattdessen fliegt seit ein paar Tagen eine Fliege von innen beharrlich auf und ab. Ich habe einmal gehört, dass Fliegen zwar den Rundumblick haben, aber ihr Hirn Informationen so schnell wieder verliert, dass sie jedes Mal aufs Neue gegen das Fensterglas fliegen, weil sie vergessen, dass dort kein Ausgang ist. Ich möchte ein Fliegengehirn haben, das mir jede Sekunde aufs Neue vorgaukelt, es wäre noch nicht vorbei mit uns. Ich sehne mich nach Hoffnung. Wie wir alle. Hoffnung auf ein Happy End.

3. April 2020

Bin gerade aufgestanden. Draußen ist es dunkel. Der Vollmond beleuchtet den Asphalt. Er kommt mir heute viel größer vor. An meinen Füßen merke ich, wie kalt der Balkonboden ist. Ich friere, mehr als sonst, seit ein paar Tagen. Die Kälte kommt von innen. Seit vorgestern kann ich kaum schlafen oder essen. Ich fühle mich so entsetzlich schwer. Er fehlt mir so sehr, dass ich glaube, die Schwerkraft zöge an mir mit der Last von mindestens 24,79 m/s². Das entspräche dem Schwerefeld auf dem Jupiter. Ich stelle mir vor, wie es mich zerdrückt. Stelle mir vor, wie meine blasse Wange und der Rest meines Körpers auf die Oberfläche des Gasriesen gequetscht wird. Ich gehe wieder rein und lege mich flach auf den Wohnzimmerteppich. Ich werde die Luft anhalten, bis mir schwindelig wird und dann werde ich Sturzbäche in den Teppichflor weinen.

4. April 2020

Ich starre ständig mein Handydisplay an, als könnte ich es mit den Augen beschwören, eine Nachricht von ihm zu übermitteln: „Bitte verzeih mir, dass ich uns aufgegeben habe. Ich komme zurück, sofort. In deine Arme und in unser Bett." Je länger es mich mit seinem Schweigen und seiner Schwärze anblickt, desto wütender werde ich auf seine Nichtsnutzigkeit.

Ich habe es gerade in die Ecke geworfen. Es ist mit Panzerglas überzogen und hat überlebt.

5. April 2020

„… u musst … n einfach … gessen", hat sie gesagt. Sie heißt Silke und arbeitet mit mir in der gleichen Company. Während sie das gesagt hat, sind ihre Sätze teilweise von dem surrenden Geräusch des Milchaufschäumers übertönt worden, was kein Verlust ist. „Einfach vergessen". Das hier wird nicht einfach, das

hier wird harte Arbeit, das hier wird weh tun und die Schmerzen werden von der Bezeichnung Liebeskummer nicht annähernd richtig erfasst. Es ist Liebesleid, Liebesverwundung, Liebespein. Ich hasse das Wort einfach, ich möchte es zerkauen, runterschlucken und es unter Anstrengung herauswürgen, um es loszuwerden. Erinnerungen haben sich als Krämpfe vom Unterleib her ausgebreitet und sich wie heißer Teer über meine Organe verteilt. Sie sind wie bei einer Abfahrt auf der Achterbahn nach oben gedrückt worden und drohen, mir im Halse stecken zu bleiben. Ich habe keine Luft bekommen und bin auf die Sonnenterrasse geflüchtet. Das Wort „einfach" hat höchstens Berechtigung, wenn man sagt, dass es einem „einfach Scheiße" gehe. Ohne Schnörkel, ohne Verzierung,

„EINFACH hundsmiserabel Scheiße". „Und du bist schuld, du dumme Sau", habe ich über den unter mir liegenden Parkplatz geschrien. Kollegen haben sich an die Scheiben der verglasten Terrasse gedrängt und mir in den Rücken geglotzt. Als ich mich umgedreht habe, habe ich ihnen verschämt gewunken. Ich freue mich auf die nächsten Tage dort ... not!

7. April 2020

Habe gerade seine Nummer gelöscht, mich bei allen sozialen Medien von ihm entfreundet und seinen Namen vom Klingelschild entfernt. Ich habe sein Bettzeug in einen Umzugskarton gestopft und diesen die verdammte Keller-treppe hinuntergetreten, wo er nach mehrfachem Überschlagen am Fuß der Treppe liegengeblieben ist. Ich habe alle Bilder von uns auf einem kleinen Scheiterhaufen im Kugelgrill auf dem Balkon getürmt und den hochprozentig-sten Schnaps darüberlaufen lassen, den ich finden konnte. Nun sitze ich mit ei-ner Tasse Tee davor und röste Stockbrot darin. Ich werde unsere vergangenen glücklichen Zeiten in Form von Ruß und Qualm in mein Brot aufnehmen, es essen und es morgen ausscheißen.

10. April 2020

Habe vorhin meine Zigaretten vernichtet. Ich habe sie in Nagellackentfer-ner ertränkt. Ich werde erst wieder mit dem Rauchen beginnen, wenn mir mein Leben egal ist, wenn ich mir egal bin. Heute hat mich in der Schlange vor der Drogerie, wo ich den Nagellackentferner gekauft habe, ein Typ angesprochen. „Lady, ich habe lange nicht mehr so viel Feuer in den Augen einer Frau gesehen. In dir steckt Energie. Nutze sie!"

Ich habe ein verblüfftes „Danke" in meinen Mundschutz genuschelt. Da ist also noch was Lebendiges in mir, also werde ich einen Teufel tun und die Ener-gie durch Krebsstäbchen verblasen. Ich war Raucher gewesen. Ich war traurig gewesen. Vollendete Vergangenheit!

15. April 2020

Heute habe ich im verlassenen Einkaufszentrum mit all den geschlosse-nen Geschäften und Imbissständen getanzt. Einfach so, weil ich es kann. Habe die Musik in der Bluetooth-Box bis zum Anschlag durch die Gänge gejagt und einfach losgelegt. Erst haben nur ein paar verlassene Seelen erstaunt und skeptisch geschaut, dann hat in der Etage über mir ein junges Mädchen begonnen, in meinen Tanz einzusteigen. Ein älterer Herr, höchstwahrscheinlich wohnungslos und sturzbetrunken, in einem abgetragenen graugrünen Wollmantel, hat im Erdgeschoß einen frei erfundenen Text zu meinem Beat gesungen. Laut und bassig dröhnte seine Stimme zu mir. Eine Dame im Tweedkostüm hat sich dazugesellt und fröhlich und taktlos aus sicherem Abstand geklatscht. Bald waren die Etagen gefüllt mit Menschen, die dem Klang der Musik frönten. Das Ordnungsamt hat kurz mitgetanzt, löste die Party dann aber nach einer Dreiviertelstunde auf.

26. April 2020

Ich habe mit den Menschen aus dem Einkaufszentrum eine WhatsApp-Gruppe gegründet. Wir haben beschlossen, uns nach der Krise zum Tanzen zu treffen und Jockel, den Obdachlosen, versorgen wir bis dahin abwechselnd mit Essen und Kleidung.

Charlie ist auch in der Gruppe. Seit gestern schreiben wir uns privat. Ich mag ihn, soweit ich das jetzt sagen kann. Er sagt, nicht nur ich, sondern alle Menschen sollen die Hoffnung nicht aufgeben und mit Vorfreude dem Happy End entgegengehen. Er hat so recht damit!

Stefanie Ivan
Was die Sozialpädagogin aus Duisburg nicht mag, sind Intoleranz, Nazis, schwüle Luft, Menschen, die nur jammern, aber nichts verändern, Oberflächlichkeit und Influencer. Was sie liebt, ist ihren Sohn und ihren Mann, Theater spielen, Improvisationstanz, laute elektronische Musik, Lesen, Schreiben, lange Wanderungen im Wald, Astrophysik, Collagen erstellen, ihre Nichten und ihre Freunde, Menschen, die mutig zu dem stehen, was sie sind und lieben, Sketche von Oliver Kalkofe und alles von Loriot.

IM RAUSCH

ANNA-MARIA BAUER

Als Mama fragt, ob ich Lust auf ein Happy Meal habe, weiß ich natürlich, dass sie das Codewort meint. Ich bin vielleicht erst sieben Jahre alt, aber ich bin nicht blöd. Mein Herz beginnt zu hüpfen. Das letzte Mal ist lange her. Hoffentlich kann ich es noch.

Ich laufe in mein Zimmer und hole aus dem großen Kleiderschrank den grauen Rucksack. Grau sieht man nicht, sagt Mama immer. Und wir wollen nicht gesehen werden. Ich stopfe noch meinen Kuschelpullover hinein. Der dämpft. Als ich mit dem Rucksack am Rücken zurück ins Wohnzimmer komme, sehe ich, wie Mama mich anstrahlt. Ich habe es also richtig verstanden.

Wir gehen auf der Straße Richtung Grätzelzentrum und ich hüpfe um sie herum. „Mein kleines Reh", sagt Mama und ich hüpfe noch ein bisschen höher. Aber je näher wir den Geschäften kommen, desto unruhiger wird ihr Blick. Ob ich nicht normal gehen kann. Das würde alle Blicke auf uns ziehen. Da ist etwas Scharfes in ihrer Stimme und ich höre sofort auf, zu hüpfen. Ich senke meinen Blick, damit ich beim Gehen auf keine Striche steige. Die Striche sind Lava und wenn man auf sie tritt, steigt eine heiße Fontäne auf und durchsägt den Fuß.

Als wir in die Straße mit dem Supermarkt einbiegen, drückt Mama kurz meine Hand und als sie wieder loslässt, kribbelt meine Haut an der Stelle. In meinem Bauch ist wieder dieser harte, komische Knoten, der immer davor da ist. „Stell dir vor, es ist eine Achterbahnfahrt", hat Mama vor dem ersten Mal gesagt. „Alle sind nervös. Aber das ist eigentlich von Vorteil. Denn wenn man aufgeregt ist, ist man auch aufmerksamer. Und wir müssen sehr aufmerksam sein." Kurz vor dem Supermarkt mache ich schnell noch den Zipp vom Rucksack auf. Keine unnötigen Geräusche im Geschäft, hat Mama mir am Anfang eingebläut, mich an beiden Schultern gehalten und mir tief in die Augen geschaut. Sie hat es nicht noch einmal sagen müssen.

Jetzt steckt sie die Münze in den dafür vorgesehenen Schlitz am Wägelchen und es lässt sich aus der Reihe lösen. Die Räder rollen; die Fahrt hat begonnen.

Ich muss seitlich vor Mama und dem Einkaufswagen gehen. Langsam und den Kopf so gedreht, dass ich Mamas Gesten aus den Augenwinkeln sehen kann. Es sind schnelle, geübte Griffe. Man darf nie zögern. „Das Zögern ist, was die Leute wahrnehmen", sagt Mama immer. Zögern zeigt Angst. Angst hat man, wenn man etwas Illegales tut. Solange du ganz normale Griffe tätigst: ins Regal greifst, die genommene Sache irgendwo hineinlegst, würde sich niemand daran stören. Das sei normal. Deshalb muss man auch Geheimnisse immer in normaler Lautstärke erzählen. Erst wenn man flüstert, spitzen die anderen die Ohren. Es gibt so vieles, das ich von Mama lernen kann.

Ich halte mich mit der rechten Hand am Einkaufswagen an. Es ist angenehm, sich festhalten zu können; ich habe das Gefühl, in mir schaukelt etwas. Wie wenn das Wägelchen in der Achterbahn um die Kurve fährt und der Körper zuerst weiterfahren möchte und es ihn erst im letzten Moment herumreißt. Außerdem hilft mir das Festhalten am Einkaufswagen dabei, mich nicht unabsichtlich zu entfernen. Es wäre blöd, wenn Mama nach mir rufen müsste.

Sie legt ein bisschen Obst und Brot in den Einkaufswagen. Er darf nicht zu leer sein, das wäre auch auffällig. Am leichten Zug an meinen Trägern erkenne ich, wenn sie etwas unauffällig in meinen Rucksack gleiten lässt. Mein Herz macht dann einen kleinen Sprung. Ich weiß, dass ich Mama vertrauen kann, aber ich habe trotzdem ein bisschen Angst. Weil die Oma so oft gesagt hat, Mama wird noch einmal hinter Gitter kommen, wenn sie so weitermacht. „Ja, aber den feinen Lachs hast du beim Abendessen dann doch nicht verschmäht", hat Mama erwidert. Ich will nicht, dass meine Mama ins Gefängnis kommt, also darf ich keinen Fehler machen.

Der Rucksack ist schon ziemlich schwer; ich muss meine Hände unten bei den Trägern einhaken, damit es nicht unangenehm wird. Wir kommen immer näher zur Kasse. Mein Herz hüpft komisch. Ich glaube, Mama hat es gesehen, sie legt die Hand auf meine linke Schulter. Beim Süßigkeitenregal legt sie noch eine Packung Schokokekse in den Einkaufswagen.

Der harte Knoten in meinem Bauch wird immer größer. Die schlimmste Hürde kommt bei der Hochschaubahn immer am Schluss. Wenn man sich in die Schlange vor der Kasse einreiht, ist man kurz vor dem höchsten Punkt. Man weiß, jetzt gleich wird der Wagen nach vorne kippen und man wird viel zu schnell in die Tiefe rasen. Der Boden ist noch so weit weg. Wie kann man sicher sein, dass nicht etwas schief geht? Dass man nicht aus dem Wagen fällt oder dass der Wagen aus der Achterbahn fliegt? Wenn man von so weit oben runterfällt, ist man bestimmt mausetot.

Wenn wir bei der Kasse sind, muss ich mich immer so hinstellen, dass ich mit dem Gesicht die Kassiererin anschaue, damit sie meinen Rucksack nicht sieht. Meine Mama verwickelt die Kassiererin in ein Gespräch. Ich kann nicht hören, worüber sie reden, in meinen Ohren saust es. Das Hochschaubahnwägelchen rast mit höllischer Geschwindigkeit abwärts; der Boden kommt viel zu schnell näher. Wir rasen und rasen. Meine Beine sind ein bisschen zittrig, ich halte mich am vorderen Ende des Einkaufswagens fest. Meine Mama räumt das Brot und das Gemüse und die Schokokekse in ihre Handtasche. Sie klappt die Geldbörse zu. „Auf Wiedersehen!", ruft sie der Kassiererin zu. „Wiedersehen", sagt die Kassiererin, sie schaut uns gar nicht mehr an. Ich kann den sicheren Boden jetzt schon gut sehen, wir sind fast unten; wir sind fast unten und wir sitzen noch im Wägelchen und das Wägelchen ist noch in den Schienen. Die Schiebetür geht auf. Wir haben das Ziel erreicht. Das Hochschaubahnwägelchen rollt bedächtig Richtung Ausstieg. Mama holt die Münze aus dem Einkaufswägelchen. Der Knoten in meinem Bauch explodiert in viele kleine Kugeln, die meinen Kopf ganz leicht machen.

Als wir um zwei Ecken gebogen sind, bleibt Mama stehen, hebt mich hoch und drückt mich ganz fest. „Das hast du toll gemacht, Mäusezahn. Jetzt hast du dir den größten Burger verdient."

Mama sagt, ich darf mir aussuchen, was ich will. Ich entscheide mich für ein Happy Meal mit vier Chicken Nuggets. Mama nimmt nur Pommes, obwohl wir heute kein Frühstück hatten. Sie schüttet ein Säckchen mit kleinen goldenen und bronzenen Münzen auf die Theke des Fast-Food-Restaurants und beginnt zu zählen. Ich überlege, ob ich auch nur Pommes hätte nehmen sollen. Sie macht kleine Stapel mit den Münzen und am Ende atmet sie erleichtert aus. Beruhigt nehme ich das Tablett mit der braunen Papiertüte und den extra Pommes.

Als ich den Mund voller Cola habe, beugt sich Mama ganz nah zu mir. Sie legt ihre Hand auf meinen Unterarm und drückt ihn leicht. „Wir erzählen niemanden, was wir gemacht haben, ja? Das ist unser Abenteuer."

Ich nicke. Es ist schön, etwas zu haben, dass nur Mama und mir gehört.

Sie beginnt zu lächeln. „Du hast deinen Mund voller Ketchup. Komm." Sie nimmt eine Serviette und streicht mir über den Mund. Ich spitze ihn wie zu einem Bussi, damit sie überall gut hinkommt.

Zurück zu Hause verstaut Mama unsere Besorgungen und sagt, ich solle in mein Zimmer gehen. Es fühlt sich noch nicht wie mein Zimmer an; wir wohnen noch nicht so lange bei Oma. Ich spiele Schule mit meinem Kuschelhasen, als die Oma von ihrem Ausflug zurückkommt. Ich höre sie und Mama reden, und dann ihre Schritte, die näher kommen. Sie öffnet vorsichtig die Tür zu meinem Kinderzimmer, macht sie hinter sich wieder zu und setzt sich auf mein Bett. Die Oma sieht müde aus. „Na, hast du heute ein Happy Meal bekommen?" Sie weiß, wofür das Happy Meal steht.

Ich schüttle meinen Kopf, sodass mir die braunen Locken ein bisschen ins Gesicht peitschen. Gut, dass Mama mir das Ketchup aus dem Gesicht gewischt hat.

„Ich bin auch nicht böse."

Ich schüttle meinen Kopf weiter. Mir ist schon schwindelig.

„Lüg mich nicht an, Marie."

Ich höre auf, meinen Kopf zu schütteln und blicke meine Oma skeptisch an. Ich mag nicht lügen. Wer lügt, kommt in die Hölle, sagt sie immer.

Sie rückt ein bisschen näher an mich heran, damit ich sie gut hören kann, weil sie jetzt flüstert: „Ich sag's der Mama auch nicht."

Ich will ihr sagen, dass sie nicht flüstern soll, weil dann hören die anderen zu. Aber mir fällt ein, dass wir zu Hause sind und dass die Regel zu Hause wohl nicht gilt.

Ich denke kurz nach; wenn die Oma nichts sagt, kann nichts passieren. Und ich müsste nicht in die Hölle, das wäre gut. „Okay." Ich setze mich neben sie aufs Bett.

Nachdem ich ihr von heute erzählt habe, tätschelt sie mir den Kopf. „Du hast das Richtige getan." Ich freue mich, dass meine Oma auch findet, dass ich es gut gemacht habe. Obwohl das letzte Mal schon so lange her war.

Aus dem Wohnzimmer höre ich die große Kuckucksuhr sechs Mal schlagen. Zwischen sechs und sieben Uhr, darf ich meine Zeichentrickserien schauen. Ich rutsche vom Bett und laufe ins Wohnzimmer.

Ihre Rufe vermischen sich mit dem Fernseher und ich brauche ein bisschen, um zu erkennen, dass die verärgerten Stimmen aus Mamas Zimmer kommen. Ich habe einen Trick entwickelt, schon damals, als Mama und Papa immer geschrien haben. Ich setze mir die Kopfhörer auf und stecke das Kabel vorne in den Fernseher hinein. Dann kommen die Stimmen von „Meine Freundin Connie" gleich direkt in meinen Kopf. Aber manchmal kommen die Schreie doch durch. „… viel ist also auf deine Versprechen zu setzen! Du … " – „… nicht wahr! Ich …" – „… für dein Kind sorgen?"

Ich beginne am ganzen Körper zu zittern. Die Oma hat gelogen. Jetzt weiß die Mama, dass ich sie betrogen habe und sie muss wegen mir ins Gefängnis, nur weil ich nicht in die Hölle wollte.

Ich muss das wieder gut machen; ich schleiche zum Zimmer von der Mama. Die Tür ist offen. Als ich hineinschaue, blickt Mama mich an. Ich erkenne sie fast nicht, ihre Augen sind so böse. Ohne etwas zu sagen, schließt sie die Tür.

Ich laufe in mein Zimmer, packe meinen Kuschelhasen und verstecke mich im Kleiderschrank. Es ist so finster, dass ich mich ein bisschen fürchte; durch den Spalt kommt nur wenig Licht. Ich rutsche ganz nach hinten, bis ich die Wand spüre und drücke meinen Hasen ganz fest.

Als ich am nächsten Tag aufwache, ist meine Mama nicht mehr da. Den grauen Rucksack hat sie mitgenommen.

Anna-Maria Bauer
Nachdem die Wienerin an der Universität Wien und in London Englisch und Deutsch studiert hatte, startete sie als Redakteurin bei der Tageszeitung Kurier im Ressort Chronik. 2016 ist ihr Sachbuch „Von Palais zu Café. Glanz und Glorie der Wiener Herrengasse" (Metroverlag) erschienen. Seit 2019 führt sie „Und dann beginnt das Leben", einen Blog über Alltagsgeschichten. Die Fachjury des Mölltaler Geschichten Festivals setzte ihre Geschichte auf den 3. Platz.

ALLE SIEBEN SEKUNDEN

RAOUL EISELE

Dass ich beim Zugfahren immer an Fellini denken muss, an City of Women und an die Frau, die den männlichen Charakter lockt, ihn mit Leichtigkeit verführt, ein Matriarchat schafft und das Patriarchat stürzt, ihn stürzen wird, erzähl ich dir nicht; ich erzähle dir auch nicht, dass ich dich für diese Frau halte, die mich einschüchtert, weil ich mir nicht sicher bin, wie ich mich deinen Fragen entgegenstellen soll, wenn meine Antworten patriarchal geprägt sind, meine Erziehung mich einzuholen versucht, mich versucht zu manipulieren.

Denn wenn ich dich ansehe, dann denke ich bereits an die Schönheitsflecken auf deiner Haut, an die Besonderheiten, die ich entdecken will, deine Landschaften, diese leicht wallende Lust, diese hormongesteuerte Dummheit, die mich mit meinem Schwanz denken lässt, mich denken lässt, dass ich bloßes Fortpflanzungsorgan wäre, also bloß in der Reproduktion aufgehe, von einem Orgasmus in den nächsten mit dir und anderen schlittere.

Also denke ich bereits jetzt ans Betrügen und welche Frau nach dir käme, welche Frau mich als nächstes, mich von dir wegzulocken vermag, mich einnimmt, nur so für den Moment, bis zum nächsten Swipe nach rechts, zum nächsten Match und ich denke an ein erstes Mal, denke an meine Lippen auf ihrer Haut, an meine Erregung und meine Willensschwäche.

Wenn wir einander nur wenig erzählen, dann genau aus diesen Gründen, die mich nur in ein schlechtes Licht rücken, die dir verraten würden, welches Wesen wirklich in mir steckt – in der Anonymität bleibe ich sicher, bleibe ich schöner maskiert.

Also versuche ich, so viel wie möglich nur dich reden zu lassen, spiele schüchtern, fast sprachlos und höre dich erzählen von Bozen und den Bergen, vom grünen Meer an der Küste und dass du seit Jahren nicht mehr in der Stadt warst, frei von Zwängen, dass du gerade zwanglos durch die Welt gehst; denke,

dass du wie alle Frauen den Männern in der Entwicklung voraus bist, dass du sorglos deine Gespenster zurückgelassen hast, keine quälende Vergangenheit, keine Heimsuchungen erwartetest, im Gegensatz zu mir.

Denn jede Lüge wird enttarnt, jede Lüge lässt die Wahrheit irgendwann ans Licht kommen, stellt mich in den Schatten, da ist immer ein Platz frei und dass du endlich aus diesem hervortrittst, endlich an die Sonne, die Sonne endlich genießen kannst, die, die wir so lange eingenommen, die uns so lange glänzte. Und die Sonne ist eine ewig ertragende Geliebte, sie scheint sogar in den schlimmsten Zeiten, schien so lange nur für uns, so lange, zu lange.

Und du deutest mir zu kommen, deutest in deine Richtung, aus dem Schatten, mutterlieb, doch der Zug rollt bereits an, rollt über mich hinweg und ich weiß, es heißt, weiter zu sitzen, weiß, die Zeit war gekommen, im Schatten zu sein.

Tock, tock, tock, tock und es rollt über die Schienen, rollt wie im immer gleichen Rhythmus eingespielt, dieses Geräusch des Zugs, unter dessen Schienen man sich zu legen hatte, auf dessen Dach du sitzt und ich ziere mich, denke an die Schattenseiten meiner Haut, denke an die Schatten, die du über dich hinweggehen lassen musstest, durch dich hindurch, diese Geister, die dich heimsuchten, die dich nicht mehr einholen und dass auch ich ein solcher wäre.

Was ich also mache, willst du wissen, was ich hier mache, ob ich auf Reisen wäre und so ganz allgemein in meinem Leben und ob ich denn schon etwas gefunden hätte, etwas, das mich glücklich mache, das mich ausfülle. Und wieder versuche ich dir auszuweichen, bleibe vorerst stumm, sage dir nicht, dass ich ein Reisender bin, einer, der immer unterwegs, der nie anzukommen vermag, nie stillsteht, stilllebenhaft, immer getrieben durch die Welt, Städte suchend für ein paar Monate, vielleicht ein Jahr, Frauen suchend meist nur für eine Nacht.

Und du legst mir deine Hand, legst mir deine Finger aufs Gesicht, meintest da wäre ein Fleck, wäre ein dunkler Fleck auf meiner Haut, ein, wie soll ich es nennen, schwarzes Loch, wie Marienkäferflecken, die einen übersäen wie Mohn, wie Gedächtnis, wie all die schlimmen Dinge, die einen zeichnen, die man tat, die man hinzunehmen hatte. Und hast du schon mal einen Marienkäfer atmen sehen, hast du die Flügelhebung gesehen, diese winzige Erhebung des Körpers, keinen Millimeter hoch und höchstens eine Millisekunde, die man nur in Zeitlupe erkennt und unter einem Mikroskop, die man als Mensch gar nicht wahrnimmt. Und ich nicke nur, deine Finger an meiner Wange, deine Finger so nahe an mir und wie gerne würde ich dir's gleichtun, meine Finger an dir, an deiner Haut, wie zart, wie warm an deiner Wange, deinen Lippen nah und meine Fantasie, schon wieder geht sie mir durch, immer schneller auf der Schiene, immer schneller im Rhythmus, ungleichmäßig tock, tock // tock // tock, tock, tock // tock …

Aber du wischt nur darüber, verwischt mir meinen Fleck, ziehst deine Hand wieder zurück, lässt mich fallen, wie einsinkend, wie einswerdend mit dem Sitz, den Polstern, dem karierten Muster unter mir, dieses schale, abgesessene Braun, mit den roten Streifen, khakigleich.

Und wieder kann ich nur an eins denken, verstehe diese pubertäre Zahl von sieben Sekunden, diesen Mythos, seit dieser Fahrt, da ist die Zahl sicher noch gestiegen, die Zahl wohl schon bei drei, mein Blut ganz unruhig, mein Blut nicht in meinem Kopf und sag mir wie, sag wie, kann ich dagegen ankämpfen, dagegen ankämpfen, dich nicht sofort anzufallen.

Doch du lächelst nur, lächelst so schön wie rot, wie teuflisch, lächelst, als wäre es das Normalste der Welt und ich zittere vor mich hin, unterdrücke meine Stimme, meine Lust, unterdrücke, dir zu sagen, was mich antreibt und lächle verstohlen zurück.

Noch habe ich dir nicht gesagt, was ich mache, bin deinen Fragen ausgewichen, dir geschickt entgangen, mir selbst, jedenfalls rede ich mir das ein, mein Gestammel und dieses leicht zurückgewonnene Zirkulieren meines Blutes in Richtung Verstand.

Ich würde reisen, wäre gerade auf dem Weg zu einem Auftrag, auf dem Weg in die nächste Stadt, käme von Salzburg, anschließend Berlin und wieder zurück nach Wien.

Ich reiße mich zusammen, reiße mich am Riemen, mein Puls verflacht, mein Atem beruhigt sich, ich beginne wieder normal zu denken, beginne mich zu fassen.

Ich hätte einen Auftritt bei einem Festival, hätte eine Performance, ein Solostück, wünschte, du würdest kommen, wünschte, du säßest in der ersten Reihe, mir ganz nah und ich spielte nur für dich.

Und wieder lächelst du, nickst, meinst nur, vielleicht, und dass ich dir alles aufschreiben solle, dir sagen solle, ob man dort feiern könne, da du gern tanztest, vielleicht auch mit mir, das würde man sehen, Körper an Körper und vier Augen, die sich verlieren.

Raoul Eisele
Der Autor aus dem Burgenland studierte in Wien und blieb dann dort. Sein Lyrikband „morgen glätten wir träume" (Edition Yara) erschien 2017. Weitere Veröffentlichungen finden sich in Anthologien und Literaturmagazinen (Rampe, Prolog, Ostragehege, Zwischenwelt, Wo warn wir, ach ja: Junge österreichische Gegenwartslyrik, Jahrbuch der Lyrik 2020, Junge Literatur Burgenland). Vielfach ausgezeichnet, gibt er, gemeinsam mit dem Autor Martin Peichl, in der lyrischen Lesereihe „Mondmeer und Marguérite" neuen Stimmen eine Chance.

ACHTERBAHNFAHRT IN DIE VERGANGENHEIT

KATHARINA WEISS

Ich halte die Luft an und starre in den wolkenlosen Himmel, während ich senkrecht in den Sitz hineingedrückt werde. Alles um mich herum vibriert. Ich wage einen Blick in die Tiefe, als wir ratternd in die Höhe gezogen werden, und werde sogleich vom Schwindel überwältigt. Schnell lehne ich mich wieder zurück und schlucke, aber der Kloß in meinem Hals löst sich nicht auf.

Teresa, die neben mir sitzt und mit ihren Fingern ungeduldig auf dem Wagen herumtrommelt, lacht: „Du wirst es lieben. Gleich geht's los!"

Da kommt der Wagen für eine Millisekunde zum Stillstand. Genauso wie mein Herz. Ich kneife die Augen fest zusammen. Im nächsten Moment sausen wir mit gefühlter Lichtgeschwindigkeit nach unten. Es scheint, als würden all meine Organe in meinem Körper nach oben wandern und eine wilde Party feiern. Fühlt sich so etwa Schwerelosigkeit an? Der Wind jagt mir durch das Haar und zerrt an meinem Sweatshirt. Ich öffne vorsichtig die Augen, die sofort zu tränen beginnen. Die Bäume, die Fahrgeschäfte um uns herum und der Himmel haben sich zu einem bunten Farbwirbel vermischt. Wir rasen auf den ersten Looping zu. Teresa jauchzt.

Und plötzlich ist alles wieder da.

Susi und ich spielen in einer Ecke des Wohnzimmers. Ich schiebe meiner Schwester gerade einen gelben Bauklotz zu, als ein Grölen durch den Raum dringt. Ich zucke zusammen. Susi hingegen lässt sich von den tiefen, dröhnenden Stimmen nicht beeindrucken. In diesem Moment beneide ich meine Schwester darum, dass sie noch so klein ist. Zu klein, um zu verstehen, was hier vor sich geht.

Eigentlich müssten wir schon längst im Bett sein, aber für Papa sind wir Luft, seit seine Kumpels die Wohnung betreten haben. Die letzten Male hatte ich mich mit Susi in unser kleines Kinderzimmer zurückgezogen, doch bald schon musste ich feststellen, dass mich die Furcht dort viel stärker in ihrem Griff hatte. Hier im Wohnzimmer habe ich das Geschehen zumindest im Blick. Warum muss Mama auch seit Neuestem immer den Wochenend-Nachtdienst übernehmen?

Während Susi zum vierten Mal den kunterbunten Klotzturm zum Einsturz bringt, schaue ich verstohlen im Zimmer herum. Die mit Perlen bestickten Kissen, die sonst immer das Sofa zieren, liegen unbeachtet auf dem Boden, neben Kekskrümeln und zusammengeknüllten Chipstüten. Der Couchtisch ist mit Flaschen überfüllt, von denen die meisten leer sind. Als Papa nach der halbvollen Zigarettenschachtel greift, gerät er mit dem Ellbogen an die Wodkaflasche. Es klirrt und die farblose Flüssigkeit verteilt sich über dem gesamten Tisch, aber dies kümmert Papa kein bisschen. Mit seinen beiden Kumpels glotzt er wie hypnotisiert auf unseren Fernseher, wo irgendwelche nackten Frauen mit den Hintern wackeln. Dann wechselt das Bild und eine Achterbahn taucht auf. Nun glotze auch ich fasziniert auf den Bildschirm. Es sieht so aus, als säße man mit dem Filmemacher gemeinsam im Achterbahnwagen, der gerade einen Berg aus Stahlschienen hochfährt.

„Scheiß Werbung!“, flucht Franz, einer der Männer. „Was interessiert mich ein fucking Freizeitpark?“

Sein Kumpel neben ihm murmelt zustimmend, aber die Worte werden von Susis lautem Jauchzer übertönt. Es ist ihr gerade zum fünften Mal gelungen, den Turm umzuwerfen. Die drei Männer richten ihre blutunterlaufenen Augen auf uns und starren uns überrascht und irgendwie erschrocken an, so als würden sie erst jetzt begreifen, dass sie nicht allein im Zimmer sind. Ihr Anblick verwandelt mein Herz in eine rasende Achterbahn. Schnell schlage ich die Augen nieder, bekomme aber gerade noch mit, wie sich ein schiefes Grinsen auf Papas Gesicht stiehlt, das mir einen Schauer über den Rücken jagt.

„He, Jungs! Jungs!“, brüllt er. „Ich hab’ da so ’ne Idee.“ Ächzend hievt er sich vom Sofa hoch und taumelt Richtung Flur. Keine halbe Minute später ist er zurück, mit Susis Babybadewanne in der Hand.

„What the fuck, Egon?“, lallt Franz. „Hat das Zeug plötzlich deine Vatergefühle geweckt?“ Er zeigt auf eine weiße Linie auf dem Couchtisch. Ich runzle die Stirn. Was hat Zucker denn mit dem Vatersein zu tun?

Papa beachtet ihn nicht. Er wankt in unsere Richtung und bevor ich begreife, was er vorhat, hat er Susi bereits in die Badewanne verfrachtet. Er hält die

Wanne mit beiden Händen fest und stellt sich vor den Fernseher hin, auf dem inzwischen wieder ein Musikvideo läuft. „He, Atze, spul mal zurück", sagt er.

Atze greift murrend nach der Fernbedienung. Kurz darauf wechselt das Bild und erneut scheinen wir in einem Zug zu sitzen, der einen Hügel hinaufgezogen wird. Als der Achterbahnwagen die höchste Stelle erreicht hat und nun mit höchster Geschwindigkeit nach unten rast, kippt Papa die Wanne, in der die inzwischen leicht verstörte Susi sitzt, nach vorne. Als sich der Zug in eine Linkskurve legt, tut Papa dasselbe mit Susis Wanne. Meine Schwester wird grob hin und her geschüttelt, rutscht nach vorne, nur um dann wieder nach hinten katapultiert zu werden. Mit ihren Fingerchen krallt sie sich am Wannenrand fest. Ihre weit aufgerissenen Augen füllen sich mit Tränen, aber die drei Männer nehmen davon keine Notiz. Atze lacht laut, während Franz mit seiner Kamera dicht hinter Papa steht und das Ganze filmt.

Und dann knallt es plötzlich.

Susi liegt mit dem Gesicht auf dem Boden und gibt keinen Mucks mehr von sich. Papa und seine Kumpels stehen da wie festgefroren. Das Einzige, was man noch hören kann, ist das Rollen der Räder aus dem Video. Und erst jetzt begreife ich, dass dieser Knall Susis Kopf gewesen ist, der gegen die Kante des Fernseherkästchens gekracht ist.

Atze ist der Erste, in den wieder Leben tritt. Er rennt zu Susi, packt sie an der Schulter und rollt sie auf den Rücken. Ihre Augen sind geschlossen. Sie sieht aus wie eine Puppe – wäre da nicht das ganze Blut an ihrer Stirn.

„Schillerweg 7… beeilen Sie sich…" Franz' Stimme dringt von weit weg an mein Ohr.

Plötzlich rennt Papa aus dem Zimmer. Die Badezimmertür knallt ins Schloss und man hört Würgegeräusche. Atze läuft ihm hinterher. Bestimmt will er nach Papa schauen, doch stattdessen sehe ich im Spiegel, wie er im Flur nach seiner Jacke greift, die Wohnungstür aufreißt und im dunklen Treppenhaus verschwindet.

Franz, der inzwischen vor Susi auf dem Boden kniet und ihr mit zitternden Händen die blutverschmierten Haare aus dem Gesicht streicht, blickt ihm hinterher und murmelt irgendetwas von wegen „dieser verfluchte Feigling".

Aus der Ferne ist jetzt Sirengeheul zu hören. Franz steht auf und geht in den Flur. Für einen Augenblick glaube ich, auch er würde abhauen und mich mit meiner verletzten Schwester und meinem nutzlosen Vater zurücklassen, aber er drückt nur auf den Türöffner. Kaum sind die Sanitäter und der Notarzt in die Wohnung gerauscht, nehme ich Susis Kuscheldecke, verkrieche mich noch weiter in die Ecke neben den Bauklötzen und ziehe sie mir über den Kopf. Das Licht verschwindet. Ich bin nicht da. Ich bin unsichtbar, völlig unsichtbar. Ich presse mir die Hände auf die Ohren, aber das Stimmenwirrwarr dringt trotzdem zu mir durch.

Irgendwann wird es wieder hell um mich. Ich blinzle. Eine Polizistin kniet vor mir, sie hat Susis Kuscheldecke in der Hand. Ich greife danach und entreiße sie ihr mit all meiner Kraft. Sie versucht nicht, mir die Decke wieder wegzunehmen. Stattdessen lächelt sie mich an, aber ich lächle nicht zurück. Sie sagt irgendetwas, und obwohl meine Hände inzwischen nicht mehr auf meinen Ohren liegen, höre ich nichts außer einem Rauschen. Behutsam zieht sie mich auf die Beine und bringt mich in mein Bett. Von Franz, Papa, Susi, dem Notarzt und den Sanitätern ist keine Spur mehr. Einzig der Blutfleck auf dem Wohnzimmerteppich erinnert an das, was soeben geschehen ist.

Die Polizistin breitet Susis Kuscheldecke über mir aus und setzt sich zu mir aufs Bett. Als ich das nächste Mal die Augen öffne, ist sie verschwunden. An ihrer Stelle sitzt jetzt Mama da. Tränen glitzern in ihren Augen, doch bevor ich nach Susi und Papa fragen kann, bin ich schon in einen tiefen Schlaf zurückgefallen.

„Na, wie war deine erste Achterbahnfahrt?", fragt Chris, der neben dem Ausgang auf einem Mäuerchen sitzt und uns grinsend entgegenblickt. Susi hockt neben ihm und beobachtet interessiert einen Marienkäfer, der auf ihrer Hand herumkrabbelt. Ich ziehe die Mundwinkel nach unten und drücke eine Hand flach auf meinen Magen. Er lacht: „Genau deshalb werde ich nie wieder auch nur einen Zeh in eine Achterbahn setzen. Da kann meine Freundin betteln, solang sie will."

Teresa zeigt ihm die Zunge, drückt ihm dann aber einen Kuss auf den Mund. Ich strecke Susi meine Hand entgegen, die sie sofort ergreift. „Danke, dass du auf sie aufgepasst hat", sage ich zu Chris.

„Immer wieder gerne", antwortet er.

„Und jetzt auf zur Geisterbahn!", ruft Teresa.

„Geht ihr mal allein. Ich will mit Susi noch rüber ins Kinderparadies, zur Raupenbahn."

„Okey-dokey. Dann sehen wir uns in einer halben Stunde beim Auto", sagt Teresa und zieht Chris mit sich fort.

Susi summt vergnügt vor sich hin, als wir in der Warteschlange vor der Raupenbahn stehen. Ich kaue auf meiner Unterlippe. Die Bahn fährt nicht besonders schnell, aber was, wenn Susi Panik bekommt? Immerhin wird es sie ganz schön durchrütteln. So wie damals.

Susi hüpft bereits aufgeregt auf und ab, als die Bahn endlich einfährt und wir einsteigen dürfen. Anfangs tuckert der Zug nur vor sich hin, doch dann nimmt er Fahrt auf. Susi gluckst und klatscht in die Hände.

Meine Schwester hat nie richtig sprechen gelernt. Sie kann sich nicht mal selbst die Schuhe binden. Jeder Tag mit ihr ist eine Herausforderung, besonders seit Mamas Tod. Ich bin die Einzige, die Susi noch hat. Papa wurde kurz nach dem Unfall das Erziehungsrecht entzogen. Mama hatte ihm bereits zuvor jeglichen Umgang mit uns verboten. Ich weiß aber, dass er mehrmals versucht hat, seine Alkohol- und Drogensucht loszuwerden. Ohne Erfolg. Noch können wir von Mamas Erbe leben, aber lange wird es nicht mehr reichen. Ob es mir gelingen wird, für Susi einen Platz in einer angemessenen Einrichtung zu finden? Wie wird sie reagieren, wenn ich nicht mehr 24 Stunden am Tag bei ihr bin?

Etwas berührt meine Hand und reißt mich aus meinen Gedanken. Der Zug ist jetzt noch schneller geworden. Susis Finger haben meine umschlungen und drücken sie ganz fest. Erschrocken wende ich mich ihr zu, nur um dann erleichtert festzustellen, dass ein riesiges Lächeln ihr Gesicht ziert. Und plötzlich sind alle Sorgen und Ängste verschwunden. Susi und ich werden das schon irgendwie hinkriegen. Immerhin sind wir ein Team – genau wie früher, als wir in der Wohnzimmerecke mit den Bauklötzen spielten.

Katharina Weiss

Aus Bozen, Südtirol, stammend, hat die Autorin 2019 in Innsbruck ein Studium der Translationswissenschaft für Englisch, Italienisch und Französisch mit Spezialisierung in Literatur- und Medienkommunikation abgeschlossen. Dazu arbeitet sie auch im Bereich Übersetzung, Lektorat und Fremdsprachen. Momentan beim Übersetzungsdienst des Europäischen Parlaments in Luxemburg. Einige ihrer Kurzgeschichten sind bereits in Anthologien erschienen. Das Publikum des Mölltaler Geschichten Festivals setzte diese Geschichte auf den 1. Platz.

HERR LEHRER MAIER

ALEXANDER ZWISCHENBERGER

Eine etwas unruhige Masse aus dreiunddreißig Burschen um die 14 Jahre befand sich im frisch ausgemalten Klassenzimmer. Man konnte die Lösungsmittel der abwaschbaren weißen Farbe noch ziemlich deutlich wahrnehmen. Alles war in den Ferien gründlich gereinigt und, wo nötig, repariert oder ersetzt worden. Die Schüler kannten einander schon aus den letzten drei Jahren an dieser Knabenhauptschule, nur zwei hatten die Nachprüfung vor zwei Tagen nicht geschafft und mussten das dritte Jahr wiederholen. Alle berichteten in anschwellender Lautstärke und Begeisterung zugleich, was sie in den Ferien erlebt hatten. Baden, klettern, radfahren, Beeren und Pilze suchen waren neben Fußball spielen und beim Heuen helfen das, was am öftesten aus dem Gemurmel herauszuhören war.

Die altbekannte Melodie aus vier Tönen kündigte den Beginn des Unterrichts und das endgültige Ende der Urlaubs- und Ferienzeit an. Diese Melodie besaß die Macht, jeden Einzelnen seinen Platz, den er schon im Vorjahr und im Jahr davor, wenn auch in anderen Räumen, eingenommen hatte, zu finden und sich zu setzen. Zwei Neue nahmen die Plätze ein, die die Sitzenbleiber frei gelassen hatten. Ob sie in der alten Klasse auch ihre alten Sessel einnehmen würden, oder im alten Raum mit neuer Klasse ihren Platz erst finden müssten, kümmerte hier niemanden.

Dann kam er. Wir kannten ihn nur vom Hörensagen, der Ruf, streng, aber ungerecht zu sein, eilte ihm voraus. Als er im Türstock erschien, schossen wir alle zugleich – als hätte jemand „Habt acht!" geschrien – in die Höhe und beinahe einstimmig erschallte unser „Guten Morgen, Herr Lehrer!". Langsam streifte sein Blick über die gesamte Klasse. Einmal hin und zurück, als hätte er einem Radar gleich die Fähigkeit, zukünftige Störenfriede schon jetzt ausmachen zu können. Dann erwiderte er unseren Gruß, schloss die Tür und begab sich zum Lehrerpult vor der Fensterreihe, stellte seine Aktentasche ab, und durch die Reihen schreitend sah er jedem einmal tief in die Augen. Kein Ton war zu hören. Dann nahm er auf seinem Stuhl Platz und mit einem fast militärisch klingenden: „Setzen!" wurden wir an unsere Stühle gebannt. An Flucht war vorerst nicht zu denken.

Das war im Herbst 1975.

„Die meisten von euch kennen mich zumindest aus Erzählungen. Glaubt nicht alles, was ihr über mich gehört habt, ich bin viel schlimmer", waren seine ersten Worte an uns mit einem breiten Grinsen. „Das ist unser letztes Jahr", begann er seine Vorstellung, „ihr als Pflichtschüler, ich als Lehrer."

Dass er schon einiges mitgemacht hatte, konnte man in seinem Gesicht, besonders in seinen Augen lesen. Eingebettet in diese Landschaft aus Furchen vergilbter Haut, wie ein Acker im Herbst nach langer Dürre, umrahmt von Haaren wie Weiden, die von Morgenreif eingehüllt ihre weißen Äste mit Hilfe der frühen Sonne zum späten Strahlen bringen, lagen zwei Augen wie Tümpel im Wald. Unberührt, weil niemand hinkommt, durch die Lage zwischen den Bäumen immer im Schatten und immer die Farbe wechselnd. Von blau über grün zu grau, war das Spektrum des Wassers selten klar, meistens etwas trüb und ohne Leben. Keine Fische, Schlangen oder Frösche, keine Libelle, Wasserfloh, nicht einmal Mücken, obwohl die sich doch unter diesen Bedingungen normalerweise vermehren, dass man vor den Schwärmen flüchten muss. Wenn Augen der Spiegel zur Seele sein sollen, dann war entweder der Spiegel blind geworden oder es gab keine Seele mehr zu spiegeln, beides war traurig.
„Mein Name ist nicht wie viele glauben: Der Alte, der Wolf oder die Kletzn, sondern für euch bin ich: ‚Herr Lehrer Maier.' Zugegeben kein besonders seltener Name, aber wer kann sich seinen Familiennamen schon aussuchen, nicht wahr?" – Die Frage war an Willi gerichtet, besser an Wilhelm Meier. Leises Kichern war zu vernehmen. „Ich habe nicht nur die Aufgabe, euch in Deutsch so weit zu bringen, dass ein Wahnsinniger, der glaubt, freiwillig weiter zur Schule gehen zu wollen, und anstatt eine Lehre zu beginnen, den Eltern auf der Tasche

zu liegen, dies auch tun kann." Das Kichern wurde vernehmlicher. „Wer von euch Helden hat denn den Auftrag von den Eltern, eine weiterführende Schule zu besuchen?" Zögerlich fuhren einige wenige Hände nach oben, das Kichern der anderen wurde nun deutlich hörbar. Dass der Wunsch theoretisch auch vom Schüler selbst kommen könnte, schien nicht realistisch.

„Bis zur nächsten Deutschstunde eine Seite über eure Berufswünsche, warum ihr gerade diesen Beruf ausüben wollt, und was man dafür tun muss, ihn ausüben zu dürfen."

„Übrigens – ich bin auch euer Klassenvorstand!" Etwas zwischen Stolz und Verzweiflung schien in seinem Gesichtsacker kurz aufzublitzen. Es wurde wieder bedeutend ruhiger „Vermutlich hat man mich als euren Klassenvorstand bestimmt, weil ich nach diesem Jahr in Pension gehen werde und ich als Raubtierbändiger euch Welpen zum Schluss noch ein paar Tricks beibringen, aber auch Gehorsam lehren soll. Weiß jemand von euch, wie man Raubtiere zähmt?" – Man hätte eine Stecknadel fallen hören.

„Niemand?" – „Weiß wenigstens jemand, wie man einen Hund dazu bringt, dass er aufs Wort pariert?"

Er ließ seinen Blick über die 33 Bubenköpfe streifen. Niemand wusste es, oder niemand hatte den Mut, sich zu melden. „Gut, dann wird das das Thema für unsere erste Stunde. Das ist wichtig, damit ihr wisst, was auf euch zukommt. Das Prinzip von Zuckerbrot und Peitsche müsst ihr verstehen lernen, auch wenn ihr statt Zuckerbrot eine andere Belohnung und statt der Peitsche eine andere Bestrafung bekommen werdet."

Dann bekamen wir den Stundenplan diktiert und eine Liste mit Schulsachen, die am besten bis gestern zu besorgen waren. Die Bücher bekamen wir von der Schule oder mit den vor Kurzem eingeführten Schulbuchgutscheinen in der Buchhandlung.

Bis Weihnachten hatten wir Herrn Lehrer Maier einige schöne Momente beschert. Er war stolz auf seine Klasse, die im Altenheim Advents- und Weihnachtslieder vortrug, so schön, dass ihm Tränen in den Augen standen, oder als Schülerlotsen für die anderen den Schulweg flott und sicher gestalteten. Allerdings hatte er uns auch seine cholerische Seite gezeigt, wenn jemand wiederholt denselben Fehler machte, oder damals, als unser Größter beim Aufpassen, ob der Lehrer kommt, an die Tür gelehnt vor- und zurückschaukelte und sie aus den Angeln hob, dass sie mitsamt Schüler krachend auf dem terracottafarbenen Fliesenboden aufschlug. Er hielt sich mit der Hand am Pult fest, während er den Unglücklichen mit rotem Kopf und beinahe vorstehenden Augen, die plötzlich voller Leben waren, aus voller Lunge anschrie. Als Herr Lehrer Maier sich langsam beruhigte und den „Idioten" auf den Platz schickte mit der Bemerkung, über die Strafe nachdenken zu müssen, weil keine, die ihm bisher eingefallen war, genug war für ihn, schien unser Größter zum Kleinsten geschrumpft zu sein.

Beim Schulskikurs im Winter waren wir auf dem Berg in einer Herberge untergebracht. Unten eine große Stube mit rustikalen Tischen und Sesseln, gerade richtig für uns, und oben ein großes Matratzenlager. Mit dem Turnlehrer zusammen hatte Herr Lehrer Maier die Aufsicht und war beim Skifahren für die „eher Anfänger" zuständig. Wir blieben fünf Tage und vier Nächte. Nach dem Skifahren und Abendessen wurden Spiele gespielt oder Bücher gelesen. Einige von uns waren nicht nur neugierig, sondern auch mutig genug, Herrn Lehrer Maier private Fragen zu stellen. Er versprach, ehrlich zu antworten, wenn jeder von uns dieselbe Frage ehrlich beantwortet. So erfuhr er, dass wir nicht verheiratet waren und keine Kinder hatten.

Wir erfuhren, dass Kindsein nach dem ersten Weltkrieg nicht lustig war, weil niemand Geld hatte. Die Entwertung war am Ende so groß und schnell, dass ein Bauer, der am Vortag eine Kuh verkauft hatte, am nächsten Tag für dasselbe Geld ein Schachtel Zündhölzer bekam. „Wir hatten nichts, mussten arbeiten, wenn es Arbeit gab, betteln oder stehlen, wenn es nötig war. Es gab wenig Lob und reichlich Schläge. Zu Hause, in der Schule und von den Bauern, wenn man seine Arbeit nicht schnell oder richtig genug erledigte, oder um uns zu verjagen, wenn schon genug Mäuler auf dem Hof zu stopfen waren. Es gab aber auch schöne Momente, wenn wir gemeinsam am Abend zusammen am Herd saßen und Geschichten erzählt wurden. Besonders im Winter, wenn die Weiber bei den Spinnrädern saßen und sangen."

Träumte er wirklich von der Freude im Elend? Uns erschien sein Erzählen wie Märchen oder Sagen, die unsere Eltern uns vorlasen, nicht zu glauben, dass dies nur ein Menschenleben zurücklag.

Er erzählte bereitwillig, beinahe froh jemanden zu haben, der zuhörte. Aus heutiger Sicht betrachtet.

Er lernte leicht, konnte sich den Stoff gut merken und manchmal, wenn es ein Mitschüler partout nicht kapierte und ihr Lehrer schon nach dem Rohrstock griff, der damals in jedes Klassenzimmer gehörte wie Tafel, Schwamm und Kreide, gelang es ihm mit einem Beispiel aus dem kindlichen Erfahrungsschatz, die Sache doch noch zu erklären. Nach der Schulpflicht legte ihm und vor allem seinen Eltern deshalb der Schulleiter nahe, ihn doch Lehrer werden zu lassen.

In seiner Ausbildung lernte er eine schöne Frau kennen und verliebte sich in sie. „Wie das Frauen eben so tun," erklärte er uns 14-Jährigen, „ließ sie mich etwas zappeln und betteln, erhörte mich aber doch und wir wurden ein Paar."

Dann kam der Zweite Weltkrieg.

Bevor er eingezogen wurde, heirateten sie, seinen Sohn sah er nur auf einem kurzen Heimaturlaub. Er überlebte die Gräuel des Krieges und wurde gefangen genommen.

Einige Jahre später kam er heim, zu Frau und Sohn. – Und dessen neuem Papa und Schwester. Man hatte ihn für tot gehalten.

Zu Ostern wussten wir, dass Herr Lehrer Maier eigentlich ein netter Mensch war. Streng, aber gerecht, und immer öfter suchten wir seinen Rat auch in außerschulischen Fragen. Besonders, wenn wir unsere Berufswahl noch nicht eindeutig festlegen konnten. Er gab keine Antworten, aber half uns, die richtigen Fragen zu stellen.

Zum Muttertag lud unsere Klasse die Mütter in die Schule ein, überreichte Blumen und sang ein Ständchen. Herr Lehrer Maier hatte uns dahin geführt, dass uns diese Überraschung einfiel. Es war nicht seine Idee!

Kurz vor der Zeugnisverteilung 1976 fragte ihn einer von uns, was er in seiner Pension unternehmen wolle. „Vielleicht verreise ich und schaue mir die Welt ein wenig an? Ich habe ein kleines Haus geerbt, da gibt es immer was zu tun. Mir fällt schon etwas ein."

Am Zeugnistag legten wir alle zusammen und schenkten ihm einen Korb voller Lebensmittel als Proviant und einen kleinen Globus für seine Reisen. Er bedankte und verabschiedete sich bei jedem Einzelnen von uns und versicherte uns, wir seien wirklich Burschen, auf die unsere Eltern stolz sein könnten, er jedenfalls sei es.

Ein paar Tage später fand man Herrn Lehrer Maier erhängt in seinem Haus. Ein leerer Geschenkkorb und ein zerbrochener Globus lagen zu seinen Füßen auf dem Boden.

Alexander Zwischenberger
Das Mölltaler Geschichten Festival hat den Familienvater aus Winklern im Mölltal dazu inspiriert, sich wieder mit der literarischen Ausdrucksform zu befassen. Das Schreiben hatte ihn schon in der Schule gepackt, dann lange wieder losgelassen. Im zweiten Band des Mölltaler Geschichten Festivals erschien seine Geschichte „Der Eine im Garten".

LETZTE FAHRT

KARIN LEROCH

Mein Kostüm ist ein langes schwarzes Cape, in meiner Hand die Sense. Mein Knochenschädel grinst breit unter der Kapuze hervor.

Der Boss befördert mich mit einem Tritt aus der Geisterbahn: „Schlaf deinen Rausch aus!"

Schlaf liegt mir fern! Der Vergnügungspark ruft, und von Weitem grüßt mich der größte meiner Todeswünsche: Die Achterbahn!

In meiner Capetasche befindet sich meine Flapsflasche – ihr Inhalt: ein Vermisch aus Schamaretto, Todka, Wequila, Grouzo, Wognac und Biskey, mit einem Schuss Ei. Aus den Resten der Geisterbar. Schluck um Schluck steigt meine Stimmung auf Niveau.

Zuckerwattekaramell- und Bratgeruch kitzelt mein Nasenloch. Ich zahle keinen Eintritt, man kennt mich hier. Das Kabinett voller Spiegel zieht mich an. Hier könnte sich meine heimliche Sehnsucht erfüllen: Eine Frau zu finden, die mich liebt wie ich bin! Sie soll auch keine Angst vor der Achterbahn haben. Meine Vermutung bestätigt sich: In jedem Spiegel eine Frau. Sie lachen, als ich an ihnen vorbeigehe und meine Gestalt sich in die Länge zieht, schrumpft, zunimmt, fett wird, abmagert. Alle Spiegel spielen mit mir. Ich folge einer Schwarzhaarigen, die mir sofort ins hohle Auge sticht. Sie bemerkt mich und wird schneller, ich hintendrein, sie flieht, rennt durch die Spiegel, hält mich zum Narren. Ich werde dünn und dick und verliere sie im Irrgarten der Zerrbilder.

Ein Schluck aus meiner Flapsflasche lindert meine Enttäuschung.

Freudengebimmel kommt vom Karussell, Lachmusik und Lockgebrüll. Rasch einsteigen! Der Betreiber will meine Sense wegnehmen, aber die bleibt bei mir! Mein Sitz baumelt an langen Ketten, es geht los, höher und höher. Wir fliegen! Da ist sie wieder, auf dem Sitz vor mir, die Schwarzhaarige! Ich schaukle mich näher. Ein Schluck, ein Schauk, ein Schaukelstoß. Ich fange sie und hänge mich an ihre Haare. Flüstere ihr zu: Willst du einen schönen Tod? Nein! Schreit sie. Ich lasse sie nicht los. Sie zappelt und happelt und das lässt ihren Schaukelsitz sich mit meinem verdrehen, bis wir wie wilde DNA um einander kreiseln. So schön habe ich mir die Liebe nicht vorgestellt. Das Karussell wird mit einem Ruck gestoppt, der Betreiber brüllt durch den Lautsprecher, ein Notsignal trötet, und unsere Ketten dröseln sich in die Gegenrichtung auf.

Sobald sie kann, springt sie davon. Ich nehme die Verfolgung auf, da verschwindet sie in ein Damenörtchen.
Ich brauche einen Schluck aus der Flapsflasche, um meine Kehle zu trösten.

Billy the Kid's Schießbude sticht mir ins apfellose Auge: Ein punktgenauer Schuss in den innersten Kringel der Scheibe, und der Preis gehört mir! Eine Rose wäre das ideale Geschenk für meine Dame, damit sie mit mir Achterbahn fährt. Gib mir das Gewehr, Billy, der Tod trifft immer ins Schwarze! Ich lege an und – Schuss! Ich treffe einen Kasper, dann einen Federbusch, dann Billy. Keine Rose für mich! Was ist los mit mir? Billy dreht die Augen nach hinten und sinkt mit Unterwasserlangsamkeit in seiner Bude zusammen. Ich blicke mich um, aber niemand hat's gesehen. Sonst heißt es wieder, der Tod hat zugeschlagen. Ich verdrücke mich im Getümmel.

Da vorne läuft die Schwarzhaarige! Ich winke ihr mit der Sense zu. Sie sieht mich und rennt. Warum haben alle so Angst vor dem Tod? Von Ferne winkt die Achterbahn, die mich fasziniert, seit ich ein Knabe mit frischen biegsamen Knöchelchen war und mein Schädel noch Haarbüschel trug. Ich hebe sie mir als letzte Kirsche auf meiner Vergnügungstorte auf.
Erst jedoch lockt mich das Autodrom! Bunte Wagen, die umeinander balzen und gleich darauf bumsen. Ich warte auf ein Auto, das mich mitnimmt. Da sitzt ein Firmling am Steuer! Ich springe auf, um ihm ein Erlebnis zu geben, das er nie vergisst.
„Fahr vorsichtig!", schreie ich ihm ins Ohr. „Der Tod fährt mit!"
„Hau ab!", gibt er zurück.

Wir werden von drei Autos angerempelt, bekommen einen Rechtsdrall und schlittern auf dem schlitzigglatten Boden in gleich zwei entgegenkommende Wagen. Es schleudert uns traumatisch, aber wen sehe ich in dem einen der Autos? Meine Frau mit den schwarzen Haaren!

Ich packe den Firmling am Genick: „Bagger sie an! Die da!"

Er schreit: „Hau ab!"

Ich greife ins Lenkrad, halte auf das Auto der Lady zu und klemme den hoffentlich Gefirmten zwischen mich und das Gaspedal. Unser Wagen macht einen Satz und wir rammen die Schwarzhaarige mit voller Wucht. Mein jugendlicher Chauffeur fliegt nach vorne, über die Nase unseres Wagens hinweg. Sind diese Lebenden nicht fähig, sich festzuhalten? Er landet mit seiner Firmlingsnase auf dem Wagen meiner Dame, federt nach, bleibt liegen und hat die Frechheit zu bluten. Alle Autos bleiben abrupt stehen und die Musik setzt aus. Ich mag es nicht, wenn alles so plötzlich unterbrochen wird, während ich gerade im kreativen Fluss bin.

Meine schwarzhaarige Lady erlebt einen vollgebremsten Schock, sonst passiert ihr nichts. Sie zeigt mir einen unflätigen Finger und lässt einen Schimpftornado los.

Tatütata schreit die hysterische Notsirene, ich springe aus dem Dromauto und mache mich aus dem Staub. Diese Frau, das weiß ich jetzt, war nicht meine große Liebe.

Mein Flaps geht langsam zur Neige, als endlich vor mir die Königin des Vergnügungsparks emporragt. Sie ist der höchste Gipfel, den man erklimmen kann, der ultimative Kick in den Magen, die Krönung aller Proben, die den meisten Mut erfordert, der meistköpfige unter den Drachen: Die Achterbahn!

Achter um Achter ragen vor meinen leeren schwarzen Augen hoch, um ins blanke Nichts hinabzufallen. Der Anblick bringt meine Rippen zum Vibrieren, sodass sie wie eine Harfe singen. Mein höchster rosa Traum. Ich als kleiner Tod in der alten Geisterbahn komme so gut wie nie zu diesem heiligen Vergnügen. Heute ist mein Todestag, ich wage es.

Und wie es mein Schicksal so fädelt, beginnt in dem Moment die nächste Fahrt. Ich entere einen der Wagen, in dem schon drei Firmlinge, und, wie es

scheint, zwei männliche Wildsäue sitzen, ich erkenne sie an ihren flapsgeränderten Augenringen. Fröhlich mache ich mich breit, es gibt Protest von einem der Wildsautypen, aber ich gebe ihm meine Sense zum Halten und er schweigt. Die Firmlinge erhöhen ihren Angstpegel, als sie mich mustern, und das macht den Spaß für mich noch lustiger. „Was ist? Schnallt euch an!"

Schöner wäre es mit einer Frau an meiner Seite, denke ich in meinem Knochenschädel, und da! Kurz bevor die Fahrt losgeht, schlüpft noch ein Wunderwesen in unseren Wagen: Die dunkelschwarzhaarigste Frau mit den paradiesblauesten Augen, die ich vor oder nach meinem Tod jemals gesehen habe! Breites Nacktareal zwischen Jeansgürtel und Pulloversaum. Sie sucht nach einem Platz für ihren Grübchenhintern. Ich reiße sie sofort an meine Seite, von wo sie mir einen amüsierten Blick schickt, aber da setzt die Musik ein, unser

Wagen explodiert mit Ruck und Rumpel, und unser Lebensweg beschleunigt sich. Senkrecht aufwärts geht's in den Himmel, und alle jubeln. Die Schwarzhaarige wird gegen mich gedrückt und ich merke, wie sie es auskostet. Presst ihren vor nicht so langer Zeit jung gewesenen Körper eng an mich, hält sich an meinem Schultergürtel fest und lacht. So lob ich mir die Frauen, sie müssen nicht ganz frisch sein, wenn sie nur wissen, was sie wollen.

Wir sind auf dem Gipfel angelangt, der Wagen zögert kurz, und der Blick in die Tiefe zeigt uns unsere unmittelbare Zukunft. Alle schreien, nur meine Dame lacht und streckt die Faust nach oben. Wen habe ich mir da angelacht? Ein Weib von Amazonien?

Der Wagen taucht uns senkrecht in die Tiefe, mein Flaps macht sich in meinem toten Magen selbstständig und schwappt in meine Mundhöhle. Ein Spuck über den Rand der Achterbahn befreit mich augenblicklich, und meine Lady kreischt vor Lachen. Verspottet sie mich? Unser Gefährt schraubt sich in einer Spirale hoch, höher, bald klopfen wir bei Gott an. Sie nutzt den Augenblick, sich auf meinen Schoß zu setzen. Nun ist es so, dass ich nicht viel Schoß habe, aber sie sucht sich mit ihrem Hinterteil die beste Stellung.

Abwärts schießt unser Wagen, dann geht es in die berüchtigte Todeskurve: Weiter und weiter hinaus fliegen wir, unter uns der Abgrund, bis unser Gefährt Gefahr läuft, das Achterbahngerüst zu verlassen, über das Gelände des Vergnügungsparks zu fliegen und auf spitzen Spitzen zu landen!

Panik fährt ungehindert durch meine blanken Knochen. Ich klammere mich an meiner Frau fest und kreische einen hohen Ton. Meine Gefährtin kränkt mich zu Tode, sie gibt mir einen Tritt, und ich fliege ohne sie aus der Achterbahn. Im Tod ist jeder allein.

Jedoch nicht ganz, mein Cape verfängt sich an der Sense, die die Wildsau zwischen ihre Beine geklemmt hält, ich reiße den Unseligen mit, und wir fliegen beide dem Vergnügungspark entgegen.

Mein längst vergangenes Leben zieht in an mir vorbei mit allen Peinlichkeiten. Mit einer Mordswucht knalle ich auf dem Boden auf und verliere mein kümmerliches Bewusstsein.

Als ich zu mir komme, bin ich außer Gemächt. Ein Haufen blanker Knochen. Flapsflasche zerborsten. Die Tatü-Notsirene tönt schon wieder. Leute kommen gerannt, ein Notsanitäter kümmert sich um die Reste der Wildsau, die noch grunzt.

Um mich stehen sie herum und einer meint: Der hat's hinter sich!

Ich lasse die Leute ihren Blödsinn reden. Puzzlemäßig sammle ich meine Knochen auf, um mein Gerüst wieder zusammenzusetzen. Drei Rippen fehlen. Ein Fingerknochen springt weg, als ich die Hand bewege. Irgendwie sehe ich schlecht, die Ohren reagieren auch nicht mehr. Vorsichtig, klappernd und schwankend erhebe ich mich vom Boden. Die Umstehenden kreischen, als ich auferstehe, und verteilen sich in alle Winde.

Das Fenster einer Würstelbude gegenüber wirft mich als Spiegelbild zurück, und es sieht nicht gut aus: Oben auf meinen Schultern ist mein Hals, und darauf sollte er sein, aber er fehlt, ich habe ihn verloren! Irgendwo dort, zwischen den Buden und leeren Flaschen und Popcorntüten und dem ganzen Mist, liegt mein Kopf!

Nie wieder Achterbahn! Ich bin zu alt dafür.

Glücklicherweise braucht der Tod keine Sinnesorgane. Er spürt durch seine bloße Todesahnung, in welche Richtung er gehen muss, und sein Gehör und sein Gesichtssinn funktionieren als Erinnerung an sein früheres Leben.

Ich torkle zurück in Richtung Geisterbahn, wund, nackt und schutzlos, weil mein Cape und meine Sense kollateralbeschädigt sind, da ruft eine Frauenstimme: „Ich hab etwas, das dir gehört!" Dort lehnt meine Achterbahnliebe an einer Bude, wirft meinen Kopf mit einer Hand hoch und fängt ihn auf. „Hol ihn dir!" lockt sie, rennt zurück in Richtung Achterbahn und springt in einen Wagen. Ich muss ihr nach, und unsere zweite Fahrt beginnt.

Sie wird sicher meine letzte sein. Frauen sind mein Tod.

Karin Leroch
Die Niederösterreicherin, die in Wien lebt und eine Ausbildung als Schreibpädagogin absolviert hat, hat den Roman „Die Saat" beim Verlag Ohneohren herausgebracht. Weitere Kurzgeschichten erschienen im deutschen Verlag p-machinery, in der Anthologie „Schatten" des Litac Verlages, Schweiz, auf Smartstorys.at, in den Zeitschriften „etcetera" und „DUM" sowie als Text des Monats beim Literaturhaus Zürich.

| Heiligenblut | Großkirchheim | Mörtschach | Winklern | Rangersdorf | Stall |

NACHWORT

Als das Organisationskomitee des 5. Mölltaler Geschichten Festivals „Achterbahn" als Thema auswählte, war uns nicht bewusst, dass wir damit die Hochschaubahn prophezeien würden, als die sich das Jahr 2020 entpuppte. Für viele Autorinnen und Autoren aus Österreich, Deutschland, der Schweiz und Italien war die „neue Normalität" jedoch Anreiz, die Mannigfaltigkeit der Achterbahn des Lebens zu ergründen.

Viele von ihnen kamen auch ins Mölltal, trotz aller Covid-19-Reisewarnungen, um unserem ständig wachsenden Publikum die besten Geschichten vorzulesen. Wir danken ihnen dafür und für ihre Fantasie, die uns für einige Stunden in andere Welten entführte.

Vielen Dank auch an die anderen Kreativen, die uns begleiten: Gabriele Pichler für die visuelle Gestaltung des Festivals, die Fotografinnen und Fotografen dieses Buches und die Mitarbeiterinnen und Mitarbeiter des Verlag Anton Pustet – da allen voran Gerald Klonner, Lektorin Martina Schneider und der Designerin unseres 5. Buches, Nadine Kaschnig-Löbel.

Besonders wollen wir unseren Sponsoren danken, die uns auch in diesen wirtschaftlich schwierigen Zeiten nicht im Stich ließen, als erste dem Land Kärnten, dem Nationalpark Hohe Tauern in Kärnten, dem Möllbrücker Solar-Spezialisten Conversio, der LEADER-Aktionsgruppe Grossglockner/Mölltal-Oberdrautal, und ProMÖLLTAL, unserem Mutterverein.

Ohne die Folgenden hätte es kein 5. Mölltaler Geschichten Festival gegeben:

Alternativenergie Suntinger • Jennifer Amon • Jakob Antonitsch • Armins Paperworld • Bürgermeister Erwin Angerer und seine Mitarbeiter*innen in Mühldorf • Bauernladen Walter • Anne Baumgart • Angelika Bärenthaler • Christina Bäuerle • Anton Beer und die KLV • Michael Bernsteiner • Wolfgang Breitkopf • Claudia Dabringer • Dolomitenbank • Josef Drussnitzer • Yannin Espinoza Zwischenberger • Bürgermeister Peter Ebner und seine Mitarbeiter*innen in Stall

Flattach **Mallnitz** **Obervellach** **Mühldorf** **Lurnfeld**

• Harald Ede • Olga Edlinger • ENI Klocker • Alexander Fankhauser • Fachjuror Antonio Fian • Melitta Fitzer • Dieter Fleissner und Holz die Sonne • Carolin Franyi • Fürstauer Energie • Aurelia Gendut • Bürgermeisterin Anita Gössnitzer und ihre Mitarbeiter*innen in Obervellach • Nadja Göritzer • Silvia Göritzer • Heike Graf • Franz Granig • Ilse Granitzer • Maria und Martin Granögger • Großglockner Hochalpenstraßen AG • Andrea Gruber • Martin Gorgasser • Dieter Hasslacher • Engelbert Hauser • Bernhard Hirschberg • Werner Hofer • Fachjurorin Julia Huber • Marie-Sophie & Iris Illwitzer • Ilogs • Irina Kanzian von der Kostbar • Fachjurorin Nicole Kari • Kelag • Helmut Michael und Michaele Kemmer • Klarinettenensemble der TK Hasslacher • Andreas Kleinwächter • Daniela Kofler • Barbara Kramser • Christian Kramser • Gottfried Kuhn • Harald Kundert und das Ensemble der Musikschule Mölltal • Rosa Maria Lanzinger • Fachjuror Elmar Lenhart • Gerhard Liebhart • Literaturverlag Droschl • Claudia Maier • Erwin Maier und Allianz Kreiner • Maschinen Steiner • Elisabeth Messner • Astrid Millonigg • die Band Möllowar • MölltalFleisch • Mölltaler Gletscher • Paula Müllmann und Eva Oberrainer vom Hohe Tauern – die Nationalpark-Region in Kärnten Tourismus • Bürgermeister Günther Novak und seine Mitarbeiter*innen in Mallnitz • Margareta Oberndorfer • Erich und Gisela Olsacher • Gabi Pacher • Fachjuror Paul Pechmann • Maria und Ernst Pichler • Horst Plössnig • Bürgermeister Gerald Preimel und seine Mitarbei-ter*innen in Lurnfeld • Privatstiftung Kärntner Sparkasse • Angelina Pucher • Bildhauer Gottfried Recnik • Familie Reiter vom Hatzhof • die Damen des Rotary Club Villach Park • Bürgermeister Josef Schachner und seine Mitarbeiter*innen in Heiligenblut • Verena Schall • Schlosserei Edler • Ursula Schmölzer • Heidi Schober • Bürgermeister Kurt Schober und seine Mitarbeiter*innen in Flattach • Bernhard Schrall • Sabine Seidler • Christian Senger • Michael Siebler • Skribo Huber • Katharina Springer • Daniela Stattmann • Familie Strauss ADEG • Barbara und Claus Peter Steiner • Michaela Steiner & die Sänger von Mölltonal • Regine E. Steinmetz • Bürgermeister Peter Suntin-ger und seine Mitarbeiter*innen in Grosskirchheim • Gustav Tengg • Bürgermeister Johann Thaler und seine Mitarbeiter*innen in Winklern • Christian Thaler • Tischlerei Lerchbaumer • Mitglieder der Trachtenkapelle Rangersdorf • Waltraud Trattner • Maria Tronigger und die Raiffeisenbank Oberes Mölltal • Katharina Trojer • Hans-Jörg Unterkofler • Bürgermeister Richard Unterreiner und seine Mitarbeiter*innen in Mörtschach • Peter Vierbach und „Next Generation" • Karin Vier-bauch • Andreas Warmuth • Martina Weiss und ihr Team der Bibliothek Lurnfeld • Bürgermeister Franz Zlöbl und seine Mitarbeiter*innen in Rangersdorf • Tamara Zraunig

Auf Wiedersehen im Herbst im Mölltal!
Das Organisationskomitee
www.moelltaler-geschichten-festival.at

Marktgemeinde Winklern (Hg.)
Mölltaler Geschichten Festival
Das lange Tal der Kurzgeschichten

ProMÖLLTAL – Initiative für Bildung, Kultur,
Wirtschaft und Tourismus (Hg.)
Mölltaler Geschichten Festival
Aufbruch
Das lange Tal der Kurzgeschichten

Berg- und Talbewohner

Aus dem Tal in die weite Welt

Das Mölltaler Geschichten Festival wurde 2016 ins
Leben gerufen. Ein Kurzgeschichtenwettbewerb, öf-
fentliche Lesungen der Autorinnen und Autoren, ein
Schreibworkshop und ein Buch mit den besten Geschichten sind die Säulen des Festivals, das jährlich an
immer anderen Orten des Kärntner Mölltals stattfindet.
30 Kurzgeschichten.

Thema des Kurzgeschichtenwettbewerbes 2017 war
„Aufbruch". Diesem Motto folgend haben die Beiträ-
ge die Grenzen in alle Richtungen überschritten.
Entstanden sind 40 Kurzgeschichten, die Alltägliches,
Skurriles, Bedrückendes und Humorvolles beinhalten
– unterhaltsam zu Papier gebracht.

144 Seiten, mit farbigem Bildteil
ISBN 978-3-7025-0878-4, € 19,–
eISBN 978-3-7025-8048-3

192 Seiten, s/w-Abbildungen
ISBN 978-3-7025-0896-8, € 19,–
eISBN 978-3-7025-8059-9

ProMÖLLTAL – Initiative für Bildung, Kultur,
Wirtschaft und Tourismus (Hg.)
Mölltaler Geschichten Festival
Begegnungen
Das lange Tal der Kurzgeschichten

Von Flügeln und Felsen

Das Mölltaler Geschichten Festival widmet seine
dritte Edition dem Thema „Begegnungen": Entstanden ist ein Kaleidoskop zeitgenössischer
Kurzgeschichten-Perfektion. Die Texte erzählen von
verpassten Gelegenheiten oder erfreulichen Kon-
sequenzen des Tuns … von rebellischen Geistern
und von kaum Lebenden … von denen, die ihre
Flügel verlieren, und von denen, die sie finden …

160 Seiten, s/w Abbildungen
ISBN 978-3-7025-0935-4, € 19,95
eISBN 978-3-7025-8060-5

ProMÖLLTAL – Initiative für Bildung, Kultur,
Wirtschaft und Tourismus (Hg.)
Mölltaler Geschichten Festival
Gegenwind
Das lange Tal der Kurzgeschichten

Unter dem Eindruck des Sturms …

… der im Vorjahr durch das Mölltal fegte, entstand
das Thema „Gegenwind" und damit auch der Anstoß
zu Geschichten von Rebellion und Festhalten und
Loslassen und mit dem Wind fliegen, von Vorurteilen
und Befangenheiten, Unduldsamkeiten und Projek-
tionen und von der alles überwindenden Kraft der
Liebe.

160 Seiten, s/w-Abbildungen
ISBN 978-3-7025-0965-1, € 19,95
eISBN 978-3-7025-8071-1

BILDNACHWEIS